LA BELLE LUMIÈRE

DU MÊME AUTEUR

Âge mental, Phébus, 2001

Ne plus y penser, Éditions du Panama, 2005

Grand Paradis, Phébus, 2010

Un territoire, Phébus, 2012

Les Fleurs d'hiver, Phébus, 2014, Libretto, 2017, Prix Millepages 2014

Nuit de septembre, Grasset, 2016

Maria, Grasset, 2018, Livre de Poche, 2020
(Grand prix SGDL de la Fiction 2018)

www.lepassage-editions.fr

ANGÉLIQUE VILLENEUVE

la belle lumière

LEPASSAGE

ANGÉLIQUE VILLENEUVE

LA BELLE LUMIÈRE

roman

LEPASSAGE

À Tiffany Tavernier
Aux femmes qui veillent sur les autres femmes

Combien de fois, depuis que tu es partie,
me suis-je réveillée en sursaut avec le sentiment
d'avoir entendu le bruit de tes pas ?
Qui sait ?
Peut-être qu'en vieillissant,
le voile qui nous sépare
de ceux que nous aimons s'amincit.
Sois certaine que si je pars la première,
je te ferai savoir, si c'est possible,
comment je vais et où je suis.
Non, je n'oublierai pas.

Lettre de Kate Keller à Helen,
28 mars 1920

1.
JUIN 1886

Ça ne sert à rien de crier. À rien de l'appeler.

Et pourtant, dès l'instant où la petite s'est trouvée aspirée par le ventre griffu des buissons, elle appelle et elle crie. Comme si la masse des rhododendrons sauvages pouvait lui répondre, ou tout au moins recevoir sa plainte.

Elle se penche, bien campée sur ses jambes, ouvre grand la mâchoire et un son grave éclabousse ses dents, un mugissement de vache. Si quelqu'un la voyait ainsi. L'entendait.

Mais dans ce bois, c'est l'avantage, personne ne voit ni n'entend. C'est un endroit sauvage de sentiments sauvages. Kate ferme les yeux une seconde et elle lance de nouveau ce cri noir qui n'est pas un prénom. Puisque ce prénom est un leurre. Une suite de voyelles, rondes et féroces, à peine articulées, suffira pour cette fois comme pour les autres fois. Si elle y met assez de sa volonté, les branches daigneront peut-être recracher la lourde corolle de la robe, le tablier raidi de sauce et de beurre, les bottines mal lacées – et sa fille au-dedans.

Nourri par les récents orages de l'été, ce coin devient de plus en plus marécageux à mesure que l'on se rapproche de Spring Creek. Marchant trois jours plus tôt sous le bouquet de noyers blancs dont les cimes tremblotantes émergent au loin là-bas, Kate y avait débusqué une couleuvre ruban. Ou une tête cuivrée. Elle n'a jamais su les identifier avec certitude, ses yeux la lâchent dès qu'une de ces bestioles fait son apparition devant elle. Elle a étudié dans un livre silhouettes et caractéristiques, venimosité, mais sur le vif son savoir s'évapore.

Elle garde en tête la sale histoire du gosse mordu. Même si plus personne ne sait quel était le nom du petit cadavre qui avait traversé Tuscumbia dans les bras de son père, au printemps précédent, celui du serpent est resté dans toutes les mémoires. Un mocassin d'eau. Un impressionnant spécimen d'un mètre de long, avait précisé Arthur le soir au dîner. Une troupe d'hommes noirs en furie avait fini par le capturer, et le père, au milieu d'un grand cercle, l'avait rossé à coups de bâton jusqu'à en détacher la tête du corps.

Oui, c'est vrai, le terrain par ici est bien dangereux pour Helen. Pour n'importe quel enfant de six ans.

Kate écoute autour d'elle la forêt têtue. Les bourdonnements de sa fille sont si ténus, ils ont besoin du silence pour se déplier. La silhouette d'un oriole orange luit faiblement sous les feuilles avant de s'éteindre. Et partout l'air, les bêtes et les choses braillent et bruissent au lieu de se taire. Feuilles rendues nerveuses par les souffles contraires, pluies d'aiguilles de pin sous le galop des écureuils, haleine vibrante de l'humus, colibris à gorge rubis dont les chants viennent picoter ses tempes de brusques éclats de couleurs. Dans la forêt surchauffée, c'est un crépitement, comme un feu.

La légende raconte qu'autrefois, des esclaves en fuite ou des Indiens Chickasaws cherchant à se soustraire à l'exode vers les Territoires se sont tenus cachés pendant des jours dans ces fourrés hostiles, sans qu'on ait réussi à les localiser et encore moins à les rattraper. Certains n'en seraient jamais sortis. Il en demeure peut-être ici ou là les restes grimaçants, tressés dans le bois, devenus bois eux-mêmes avec les années. La crainte diffuse d'entrevoir par inadvertance un fragment de leurs corps pétrifiés étreint Kate dès qu'elle s'engage sur le chemin vers le fleuve. Mais Helen, elle, ne craint ni ossements ni momies. Helen n'a peur de rien.

Elle a dû s'accroupir quelque part, à l'abri immense des taillis. S'il le faut, elle sait rester parfaitement immobile, même si ça ne dure jamais longtemps.

Avec le volume de sa jupe et son bonnet fragile, avec sa haute stature et son ventre poussé, Kate n'a aucun espoir de pénétrer la digue dense et désordonnée formée par les rhododendrons. Elle se sent lourde, déjà épuisée alors qu'un tiers du chemin reste à faire avant d'atteindre le débarcadère. Sa grossesse est trop avancée, dorénavant, pour qu'elle puisse espérer aller au bout de son excursion.

Elle cherche du regard une souche ou un tronc abattu sur lequel s'asseoir. Elle souffle et frotte son oreille contre son épaule remontée, il va falloir se montrer tenace. Et plus courageuse, comme toujours, que les autres mères de sa connaissance.

L'automne précédent, elle avait déjà dû se risquer dans ces hauts buissons pour tenter de récupérer sa fille. Ses bottines insolentes, visibles par-dessous les branches, encore audibles, tressautaient sur le matelas de feuilles sèches. Mais Kate était ressortie de là les bras vides, rouée d'écorchures, sans avoir pu progresser ne serait-ce que d'un mètre. C'était le vieux setter, les accompagnant ce jour-là, qui avait fini par déloger la petite et la ramener sur le chemin.

Il va falloir attendre qu'elle soit lassée de sa plaisanterie, et, depuis quatre années que le malheur a frappé le cottage, Kate a appris à attendre, à subir. Elle fait quelques pas et s'installe avec précaution sur un jeune tronc étendu là par le vent. Elle écarte les cuisses pour y caler son ventre. La gestation impose parfois d'oublier ses manières. Elle expire avec bruit. Personne ne la voit.

Une grosse mouche irisée se pose sur son poignet et se frotte les yeux à pleins bras. Kate l'observe une minute avant de souffler dessus. Les mouches, comme tous les invertébrés, ont l'air de créatures sans véritables chagrins.

Que se passerait-il si elle s'en retournait seule à la maison tout à l'heure ? Que penseraient-ils, que diraient-ils de ne plus voir l'enfant crochée à ses jupes tel un écureuil excité ? Et après combien de temps remarqueraient-ils seulement son absence ? Voilà que ces questions lui reviennent. Nombreux, elle le sait, seraient soulagés et ne se gêneraient pas pour le dire. Les autres se comporteraient comme si le bébé à venir était le seul qu'elle ait jamais porté.

Et si ni l'une ni l'autre ne revenaient du débarcadère ?

Ce n'est pas la première fois, bien sûr, que dénouées nouées elles s'élancent sur ce chemin de terre rouge. Une demi-heure de marche avant de trouver l'eau. De temps en temps elle autorise l'un des chiens de son mari à les suivre, ou bien arrache un domestique à l'ombre de l'étable où celui-ci a pris l'habitude de se replier pour échapper aux corvées. Sans trop se faire prier, Hilliott les escorte alors, cheminant dix pas derrière elles, un fétu de paille fiché entre les dents. Hilliott a cette particularité qu'il est capable de ne faire aucun bruit en marchant. Ses pieds nus sont de sable et de plumes plutôt que de chair et d'os. Il aime observer les oiseaux. Les différentes espèces de hérons et de grues qui se rassemblent le long du fleuve ont l'air de l'impressionner. C'est un garçon placide, au corps agile et mince. Il arrive qu'il disparaisse pendant une semaine, puis revienne comme si de rien n'était. Il doit poser des pièges dans les environs, ils le font tous.

Mais elles sont seules aujourd'hui.

Le cri sautillant d'une paruline vermivore imprime dans le ciel un accroc à travers lequel d'autres bruits se propulsent. Insectes et grands soupirs des arbres. Coups portés au loin sur des pièces de bois, comme d'incoercibles toux.

Sa grossesse devrait la contraindre à la touffeur de sa chambre, ou pire, à celle de la pièce de couture à l'étage, isolée du monde des autres adultes. Arthur et sa sœur lui ont interdit d'aller seule où que ce soit dans l'état où elle est. Et bien sûr, aller avec Helen est bien pire qu'aller seule. La petite, si imprévisible, doit se trouver en permanence sous la surveillance de plusieurs personnes ou être tenue par la main. Ou bien enfermée.

Loin de respecter ces consignes, Kate a voulu une nouvelle fois parcourir le vieux sentier à travers les rhododendrons. Pas loin de deux kilomètres d'espace et de danger dans la grande chaleur du début d'été, puis, au vieux débarcadère, un immense tourbillon liquide où sombrer. Voilà en vérité à quoi elle expose son enfant. Le Tennessee et son affluent peuvent devenir fous par là-bas, avait prévenu Evaline le jour de son arrivée, juste après son mariage. La forêt, elle aussi, peut avaler femmes et marmaille, avait ajouté plus tard sa belle-sœur, avançant des arguments inattendus. Il arrive que certaines hautes branches des pins, par exemple, cèdent et s'abattent d'un coup sur la tête des promeneurs qui passent au-dessous. Les périls sont nombreux. Certains animaux féroces. Certaines ravines. Certaines boues.

Certains hommes.

Pourtant, oubliant toute prudence, mère et fille sont parties toutes deux sans chaperon, l'une tenant l'autre puis l'autre lâchant l'une, et personne ne les a vues quitter la propriété par le fond du verger.

Elle se concentre. C'est une grive qui chante à présent, comme si rien n'avait d'importance. Le chemin ruisselle de sentes mystérieuses empruntées par les animaux, parfois par les ombres de femmes ou d'enfants noirs qui s'évanouissent à leur approche. Une créature inconnue bredouille sur la droite une plainte apeurée. Helen doit être tapie de ce côté-là. Kate sait qu'il faut écouter les oiseaux, guetter leurs cris d'alerte. Écouter la terre.

Elle tend le cou, masse du bout des doigts ses épaules et

l'autre enfant dans son ventre lui décoche un coup sec. Elle sent la sueur qui perle au-dessus de sa bouche, dont le goût salé l'agace et la surprend toujours. Sa robe comprime son ventre et sa poitrine. Il faudra qu'elle en confectionne une nouvelle ou agrandisse celle-ci. Elle va encore grossir.

Des blocs de lumière jaune roulent sur les rhododendrons à la façon d'un beurre mousseux. Il est l'heure, la belle heure de la belle lumière. Celle qui berce et réchauffe. Celle dont jamais Helen ne pourra se réjouir. Le cœur, la gorge et les poings de Kate se serrent à cette pensée.

Pour une gamine de cette espèce, la semi-obscurité de la cuisine et la compagnie des Négresses vaut parfaitement la beauté tapageuse du fleuve ou le spectacle de tes haies de roses Cherokee, a déclaré son frère lors de sa dernière visite à Tuscumbia. Laisse-la donc aux mains des servantes. De la parole et du regard Fred le lui a dit et redit cent fois sans qu'elle se résigne à le croire et encore moins à lui obéir. Elle sait ce que les autres ne sauront jamais, elle est la seule personne qui sache.

Dès qu'elle en a terminé avec les tâches qui l'accaparent tout le jour, elle s'éloigne et sa fille la suit, titubante, sur le chemin de tiges et de poussière rouge. Les maisons, elles, pourraient bien finir par avaler les femmes et leur progéniture.

Assise sur l'écorce rugueuse, elle balaie le chemin du regard. Après le rocher gris là-bas le sentier devient sec et pierreux, il sonne différemment sous les pas et sa déclivité s'accentue légèrement. Helen saurait le reconnaître. Là, l'odeur de boue croupie commence à s'étirer en longs filaments entre les branches basses. Si l'on emprunte la piste minuscule qui bifurque aussitôt en pente douce sur la gauche, on atteint en quelques minutes les rives de Spring Creek. L'eau n'y est pas très profonde, mais c'est l'eau malgré tout, poisseuse comme de la mélasse. Les bancs de sable et les boqueteaux de joncs serrés.

Elle crie. Pour rien. Pour elle. Moins fort. Parce qu'elle est fatiguée. Sa voix ricoche sur les feuilles et glisse en un rai de lumière perpendiculaire à celle du soleil. Les relents puissants de la vase et des feuilles pourries roulent maintenant jusqu'à ses narines. Sa voix ne sert à rien.

Puis pour en finir elle se dresse, se relève, prend son élan et se met à tambouriner des deux pieds sur le sol. En elle le bébé tressaute lui aussi, surpris, saisi d'une semblable colère. D'une branche ramassée, elle frappe à plusieurs reprises le tronc sur lequel elle était assise, puis, à trois pas de là, martèle le flanc squameux d'un pin. Le bébé souffre avec elle et souffrent ses seins, ses reins éprouvés.

Elle tape et tape encore contre l'écorce. L'image soudaine de ce père assommant le mocassin d'eau puis le décapitant s'allume sous son front. De bas en haut, la colère de l'homme se cambre à l'intérieur d'elle.

Si Hilliott la voyait ainsi, écarlate, échevelée, il rirait, du rire soudain qu'une fois elle a entendu alors qu'il l'accompagnait, loin derrière elle entre les buissons.

Haletante, elle s'arrête pour tendre l'oreille. Les vibrations s'agrandissent et mordent la forêt, les piaillements des oiseaux, orioles, grives, colibris ainsi que ceux des autres, à peine entrevus, se sont interrompus. Une paix stupide et menteuse. D'une branche plus courte elle cogne contre le pin, à intervalles réguliers. Sa bouche chaude s'emplit de salive.

Enfin, un bref craquement se fait entendre, Helen est là, comme si elle n'avait jamais disparu. Elle se trouve bien plus avant sur le chemin que ce que sa mère avait imaginé. Comment la petite sorcière a-t-elle fait pour se mouvoir sur une telle distance sans être repérée ?

Ses bottines sont hérissées de brindilles et un côté de sa robe étoilé de ces tiges collantes à section carrée qui tapissent le sol sous les rhododendrons. Son tablier déchiré découvre une rangée de fronces et un bouton moiré. Kate se souvient précisément de l'heure où elle l'avait cousu sur la robe à la suite de sept autres. La petite avait examiné chacun de ces boutons du bout de l'index en poussant de brefs gémissements.

Elle laisse tomber la branche à ses pieds. Helen suit maintenant le tracé du sentier, les bras incendiés de lumière, la tête rejetée en arrière. Elle s'engage sans hésiter dans la bonne direction.

Les coups portés contre l'arbre ont cessé, et dans le silence, à mi-chemin, l'enfant finit par se figer puis vacille, écarte les jambes pour se stabiliser. Le haut de son corps bascule. Son visage offert au ciel se plisse, sa gorge gronde et ses paumes se tendent vers les arbres. Par intermittence, de la main droite elle frotte sa joue. Kate connaît ce geste.

Elle l'attendait. C'est pour la mère qu'il est né dans la main de la fille. La joue frottée. C'est par ce geste que la petite est à elle et qu'elle est à Helen.

Elle doit maintenant la faire venir. Son bras vient trouver le renflement de son ventre afin de plaquer fermement le bébé contre son bassin, son talon se soulève et elle frappe le sol à nouveau, de plus en plus fort. Les amoncellements de feuilles en décomposition amortissent les chocs sous l'épaisseur de sa semelle, mais Helen va finir par en percevoir les ondes. Sa bouche s'entrouvre comme si elle souriait ou voulait mordiller la matière de l'air. Elle s'est éraflée au poignet et un vernis de sang dessine un croissant brillant sur sa peau. Ses doigts palpitent, croûtés de terre. Elle écoute de toute la force de son squelette ce que sa mère lui livre de sa position dans l'espace. Elle frotte sa joue avec nervosité, encore et encore, elle grogne et le son brun, âpre, semble s'échapper de sa gorge autant que de ses épaules, de la masse confuse des mèches de cheveux collées sur son front.

Et si elle était venue là pour la perdre. La perdre à jamais dans les bois. Comme il est écrit dans les contes. Si depuis des années elle n'était venue là que pour ça, et osait enfin le faire aujourd'hui.

2.
SEPTEMBRE 1878

Chacune présente au talon un trou rond de la taille d'une pièce d'un nickel. Elle les a posées sur la table et les contemple sans bouger, le visage légèrement reculé.

Alors qu'il s'apprêtait à partir pour le journal, Arthur les lui a flanquées sur les genoux, comme s'il s'agissait d'un jeu ou d'une plaisanterie. Il se tenait debout derrière elle et souriait, elle l'a deviné à sa voix avant même de voir dans le miroir le reflet de son visage. Il a placé ses mains de chaque côté de son cou et s'est incliné pour effleurer ses cheveux.

En avant, a-t-il soufflé en se redressant. En avant. Ses yeux luisaient d'un éclat singulier. Et au moment où il refermait la porte, la laissant seule, elle a abaissé le regard. Deux masses flasques et sombres gisaient sur sa jupe comme deux animaux morts. Les chaussettes de son mari.

Elle se souvient de ses gestes d'avant, d'avant le capitaine Keller et d'avant Tuscumbia, lorsque dans la propriété de son père dans l'est de l'Arkansas, ou plus tard, à Memphis, elle avait rencontré des soucis de cet ordre. Un vêtement déchiré, des chaussures usées ou ternies, un effet personnel endommagé d'une façon ou d'une autre. À l'époque, elle ignorait qu'il pût s'agir d'un problème, et pire, de l'un de ceux auxquels, un jour, elle aurait à cœur de trouver un remède. Ça n'existait pas. Elle apportait l'objet à sa mère, et si sa mère était occupée, ce qui était souvent le cas, le confiait à Cora qui savait tout guérir et tout réparer.

Elle les revoit l'une et l'autre, affairées à coudre ou à repriser. Sa mère au milieu des coupons de tissu devant la Willcox & Gibbs, Cora avec son aiguille, rivée à la lampe ou à la fenêtre de la pièce qui lui servait de chambre, à l'écart.

En ce temps-là, il lui arrivait souvent de suivre la domestique jusqu'au cabanon où étaient installés son lit et ses quelques affaires. Sous le même toit, la pièce voisine hébergeait une famille qui, comme Cora, faisait partie des trente-quatre esclaves portant le nom de leur possesseur, Adams. Leurs voix traversaient les minces cloisons de planches alignées le long de la paillasse, et pour la jeune Kate, c'était comme si ces gens s'exprimaient dans une langue étrangère. Différente de celle parlée par les siens, bien sûr, mais distincte également de celle de Cora.

Elle aimait toucher ses cheveux tandis que l'autre essayait de nouer son fichu. Elle aimait sa manie de balancer le menton en grinçant des mâchoires. Sa salive, qui roulait au long des gencives au lieu d'être avalée aussitôt que produite. Elle aimait ses dents, son regard derrière les verres de ses lunettes tordues, digne et sérieux toujours, qu'elle rie, chante ou gémisse.

Un matin, Kate avait poussé la porte de bois de la case et avait découvert Cora prostrée sur sa couche de feuilles de maïs, immobile et les yeux mi-clos, son tablier étalé sur elle. On aurait dit qu'elle l'avait passé au fer chaud sur ses cuisses. Kate avait sursauté, plus mal à l'aise que si elle l'avait surprise à demi nue à sa toilette. La servante avait levé une unique paupière et, l'intruse reconnue, avait refermé son œil. Comme si elle était malade. Comme si elle allait mourir. Quelqu'un avait jeté là une personne qui ressemblait à Cora mais n'était pas elle : Cora ne s'allongeait pas.

La future morte avait fini par s'asseoir, transpercée de soupirs, et s'était remise à parler. Les paroles bouillonnaient sans jamais s'arrêter à l'intérieur de cette femme, comme à l'intérieur d'un chaudron, et il suffisait qu'on s'approche pour que se soulève le couvercle. *Les mots des Nègres*, desquels les parents Adams conseillaient de se tenir à distance, se dandinaient alors dans la pièce, au grand ravissement de Kate. Elle se souvient qu'un jour, peu après la guerre, son frère Tom avait interrogé leur mère à ce sujet précis. Les mots, la langue et les chansons des Nègres. Ce qu'il y avait d'obscurité dedans.

C'est cette façon de parler, avait répliqué Lucy en hochant la tête, cette façon insensée de parler qu'ils ont.

Sur son front, une mèche frisottée avait rebondi, comme pour appuyer l'aspect ridicule du sujet. Le père avait éclaté d'un rire entendu, sans que ni Tom ni Kate n'en comprennent le motif exact. Ils avaient pouffé à leur tour, timidement, et Lucy, satisfaite, n'avait rien ajouté. Ces gens. Officiellement, ils n'étaient plus leurs esclaves mais vivaient et travaillaient dans la plantation, comme avant.

Lucy Adams avait raison, les mots de Cora ne s'ordonnaient ni ne s'enroulaient pas comme les leurs. Ils ouvraient des bras entre lesquels se réfugier. Sans que Kate sût pourquoi, ni ses parents, ni Fred, son frère aîné, ni aucun des adultes qu'ils fréquentaient n'auraient eu la patience de s'entretenir si longtemps et de cette façon avec une enfant de son âge.

Uh-huh, commençait Cora si on lui posait une question, uh-huh, si on ne lui en posait pas mais qu'elle avait quelque chose à dire.

Quand dans son joli petit lit la fillette blanche tâchait de s'endormir, elle conservait le son de cette voix dans la tête. Ses mots écorchés, mâchés. Ses mots doux.

Aujourd'hui, assise dans le cottage à Tuscumbia face à son miroir, lui revient soudain une histoire, cent fois venue dans la bouche de Cora, l'histoire des chiens. Il est trop tôt pour penser quoi faire des chaussettes d'Arthur.

Après la mort accidentelle de leur mère au cours d'une partie de chasse, six chiots s'étaient retrouvés orphelins dans la plantation des Adams. Aveugles, couineurs et maigrichons. Cora s'en était saisie et, envoyée faire une course en ville, les avait installés dans un panier afin d'essayer de les vendre devant le bureau de poste. Moqueur, un vieil homme blanc s'était approché et lui avait demandé de quelle religion étaient les chiots.

Sans doute possible, M'sieur, ce sont de braves petits méthodistes, avait répondu Cora sans se démonter.

À ce moment de l'épisode, il fallait rire avec elle, et Kate riait de bon cœur.

Trois jours plus tard, elle était retournée en ville avec son panier. Le même homme au même endroit s'était étonné que les chiots ne soient pas vendus, et avait renouvelé sa question à propos de leur religion.

Croyez-le, M'sieur, voilà devant vous de bons petits baptistes, avait dit Cora.

N'étaient-ils pas méthodistes, ces chiens, la semaine dernière ?

Le vieux gloussait, croyant l'attraper.

Oui, M'sieur. Mais depuis, ils ont ouvert les yeux !

Kate se souvient du frisson qui courait dans le corps de Cora à la fin de l'histoire. Peut-être l'avait-elle inventée. Peut-être était-ce l'une de ces plaisanteries qui traînent comme traînent tant d'entre elles, paresseuses. Pourtant, ces chiots avaient bel et bien existé, du moins une portée de créatures piaulantes et jaunes était-elle apparue un matin dans un angle de la sellerie sans qu'on sût jamais qui les avait mis là. Escortée de son frère, elle était allée plusieurs fois contempler leurs corps flageolants. Le soir où ils disparurent sans explication, Tom sanglota si fort que leur père les punit tous les deux de leur sensiblerie.

Les cris des chiots vibrent encore dans ses oreilles à l'instant, mélangés à l'odeur épicée du cuir des harnais.

À moins qu'il ne s'agisse de celle dégagée par les chaussettes de son mari.

Les mains de Cora, larges et griffées, étaient d'étonnantes créatures sans âge dont elle avait suivi les mouvements pendant toute son enfance, sans jamais chercher à comprendre ce qui les motivait, ni la manière que ces mains avaient de parvenir à leurs fins. Durant vingt et une années, Kate avait également scruté celles de sa mère, blanches et soignées. Mais elle n'avait pour ainsi dire rien appris, ni des unes ni des autres. Comme si le jour où l'élégante jeune fille de Memphis allait devoir, loin de là, prendre sa place à la tête d'un foyer ne viendrait jamais. Et ni Cora ni Lucy ne l'ont suivie jusqu'à Tuscumbia lorsqu'elle a fait le voyage au mois de juillet pour s'installer ici, au bras d'un mari presque neuf. Elle est seule.

Il faudrait qu'elle cherche quelqu'un qui puisse occuper leur place, ou du moins y prétendre. Elle pense à Evaline, la sœur aînée d'Arthur, qui vit avec eux, n'a ni mari ni enfants et aurait largement l'âge d'être sa mère. Elle pense à Virginia, la domestique noire qui dirige la cuisine.

Mais rien ni personne, bien sûr, ne les remplacera.

Il va falloir trouver une solution par ses propres moyens. Au problème des chaussettes ainsi qu'aux autres problèmes. À sa vie. Réceptions. Pâtisserie, salage, élaboration des menus, entretien des tapis et des lampes, aération des pièces, achats des provisions, direction des domestiques, commande de pains de glace et de sucre, récolte des légumes, soin des volailles, des bébés à venir et que sait-elle encore.

Et, bien sûr, indicible, le problème d'Arthur. Le corps d'Arthur s'avançant vers elle sous l'épaisseur des édredons.

À quoi pensait-elle en épousant un homme de vingt ans plus vieux qu'elle ? Elle avait apprécié son sourire engageant, son aisance à parler, son enthousiasme naïf et son aura d'homme mûr. Autour d'elle, ses cousines et amies se mariaient les unes après les autres. Alors elle avait cédé. Avait-elle en esprit un genre de Charles Adams, son père, l'homme à la longue barbe et aux longs cheveux, si distant, fascinant, mystérieux ? Elle l'imagine confiant ses chaussettes à ravauder à sa femme, mais ce tableau inconcevable peine à la faire sourire. D'ailleurs, elle n'a jamais vu de près ni même prêté attention à une paire de pieds nus masculins.

Arthur. Son corps d'homme déjà dégarni. Et puis Charles, au corps inanimé dans la chambre à Memphis, avec barbe et cheveux. Tout se mélange en un maelström écœurant.

Un corps d'homme. La peau. L'odeur.

Elle pense souvent à son père et, chaque fois, son cœur se contracte comme s'il allait, se recroquevillant, finir par éclater et se répandre en éclats minuscules au long de ses veines. Le mois dernier, à peine établie ici il lui avait fallu reprendre le train pour s'en retourner dans le Tennessee. Lucy était à la maison à son arrivée, avec Fred, Marshall et Tom. Les quatre enfants enfin réunis autour de leur mère affligée. Cora était présente elle aussi, droite et muette. Elle lui avait pris les mains, l'avait serrée furtivement contre sa poitrine, et Kate, juste après, était entrée sans respirer dans la chambre. La pièce, vaste, aux rideaux tirés, lui était inconnue. Nul autre que ses parents n'y pénétrait jamais.

Elle avait d'abord vu les pieds. Sur la courtepointe, touchant le bois, ils se dressaient vers le plafond, enserrés dans une paire de chaussures si lustrées qu'on les aurait dit neuves. Quelqu'un avait allongé le corps exactement au milieu du lit, sur un kilt beige et blanc au motif compliqué, lui avait joint les mains et fermé les paupières. Il prenait toute la place. Comme s'il n'avait jamais existé le moindre espace où une femme puisse se glisser là en même temps que lui.

Évitant de s'attarder sur les reflets jaunes de la peau, Kate avait pu contempler la barbe longue et les longs cheveux qui luisaient sous le feu chancelant de la lampe. Les yeux allaient s'ouvrir, elle en était persuadée, et sans tourner la tête son père lui dirait quelque chose, une phrase énigmatique dont elle chercherait à percer le mystère et qui l'aiderait toute sa vie. Certains pères, croyait-elle savoir, faisaient ce genre de dernier cadeau à leur fille. Elle s'était penchée vers lui et soudain, derrière elle, sa mère et ses trois frères avaient poussé la porte et étaient entrés dans la chambre.

Cette barbe et ces cheveux n'ont pas encore disparu, se dit-elle à l'instant, assise dans le cottage à des centaines de kilomètres d'eux. Elle les voit se racornir sous la terre du cimetière d'Elmwood à Memphis, elle voit les joues blondes, asséchées, en perçoit sous les doigts la texture affolante.

Son père mort, dont personne n'aura plus rien à repriser.

Uh-huh, murmure enfin Kate en se levant, tournant le dos aux chaussettes de celui, bien vivant, qu'elle a accepté d'épouser.

Elle ouvre la fenêtre, il fait si chaud que le col volanté de sa blouse a l'air de vouloir l'étouffer. Elle jette un œil sur la table. Les livres qu'elle lit et relit, *Le Lys dans la vallée*, *Vie de Samuel Johnson*, *Les Contes de Canterbury*, *Pantagruel*. Un pichet de porcelaine bleu rempli de roses Maréchal Niel trop ouvertes et si belles. Un peigne. Des enveloppes, du papier, son matériel d'écriture. Et les chaussettes d'Arthur, enfarinées de milliers de particules de sa peau, mortes et blanches.

Elle a beau passer mentalement en revue le contenu de sa malle, elle ne dispose d'aucun nécessaire pour repriser quoi que ce soit. Et elle ne sait pas, ne veut pas, repriser des chaussettes.

Elle sort sous le ciel clair et déambule autour du cottage avec nervosité. Depuis le début, l'idée de planter là une clématite qui engloutirait la véranda sous ses lianes la taraude. Elle voudrait s'ensevelir sous les fleurs pour que cet endroit soit à elle. Que quelque chose ici soit né d'elle, et non cédé à regret par le fantôme d'une femme que tous ont connue. Tous, sauf elle.

Qui ne veut rien savoir de Sallie Keller.

Ô capitaine, mon capitaine, notre effrayant voyage a pris fin, murmure-t-elle. Elle sent le soleil lui mordre la nuque.

Des roses et des iris, des tournesols dans ce coin, pourquoi pas. Une vigne. Des pivoines blanches. Yates, cet homme qui a la charge du jardin, aura sûrement un catalogue à lui proposer. Yates ne s'occupe pas vraiment du cottage, lui a-t-on fait comprendre. Malgré l'aide qu'il reçoit des jeunes garçons qu'elle a vus déambuler dans la propriété, il a assez à faire avec le verger et le potager. Les abords du bungalow, où elle a tenu à s'installer à son arrivée avec Arthur plutôt que de rejoindre la chambre matrimoniale, sont laissés à l'abandon depuis bien longtemps. Les buissons alentour se rabougrissent sous le bleu du ciel, cruel.

Plus tard, bercée par l'attelage vibrant d'odeurs de poivre et de cuir, elle croise sur la route un groupe de femmes noires chargées de ballots. Les unes à la suite des autres, elles s'efforcent de demeurer dans la mince frange d'ombre offerte par la haie qui coule vers la 1re rue. À la dérobée elle examine leurs robes, sales et pâlies, elle évite leurs yeux et leurs rires trop bruyants.

Elle pense à sa mère, veuve à présent, sans parvenir à imaginer quelle sorte de douleur peut bien recouvrir ce mot. Elle se demande quelle aurait été sa propre vie si elle avait eu une sœur, une seule, plutôt que trois frères. Elle s'entendait bien avec Tom, mais bien sûr, ça n'est pas la même chose. Et Marshall est encore un enfant. Elle repense à son père, revenant de la chasse en Arkansas ou arpentant leur maison à grandes enjambées. Lorsqu'il passait à côté d'elle il ne semblait jamais la voir, et elle avait sept ou huit ans la première fois qu'il lui avait vraiment adressé la parole. Chaque soir, elle guettait son retour et, au moment où il s'apprêtait à entrer, elle retenait sa respiration et l'imaginait s'avancer vers elle dans le hall. Il passait alors, sans jamais lui jeter un regard. Si elle y avait mis plus de cœur et de volonté, se disait-elle ensuite, il se serait arrêté et lui aurait souri au lieu de continuer son chemin comme si elle n'existait pas.

Elle frissonne, l'image de l'homme jaune et sans vie a pris tout l'espace à l'intérieur d'elle.

Alors que les premiers bâtiments du centre-ville de Tuscumbia se dessinent au-devant, elle secoue la tête et laisse venir en elle l'image de Cora et son panier de chiots. Voilà son tour de se rendre au bureau de poste. Elle espère qu'aucun homme, jeune ou vieux, noir ou blanc, n'ira l'importuner en lui posant des questions stupides.

Tout à l'heure, après les avoir lavées et mises discrètement à sécher au soleil à côté du cottage, elle a enserré les chaussettes entre deux feuilles de papier sur lesquelles elle a tracé quelques mots, puis a soigneusement préparé un paquet. Lucy, là-bas, s'en chargera, les confiera à l'une de ses domestiques.

Le buggy s'engage dans Main Street et une phrase, lancinante comme une migraine, lui revient en mémoire. *À quoi ça sert, Trésor, de penser au bon temps jadis, à quoi ça sert, Trésor ?* C'est la dernière fois que Cora vole à son secours.

Elle se le promet. Elle aura vingt-deux ans dans dix jours. Loin du passé il va maintenant falloir apprendre, Trésor, apprendre à vivre dans l'Alabama.

3.
FÉVRIER 1882

D'un bref tamponnement de la paume, Virginia fait vaciller la jatte de terre émaillée pour éprouver la texture de la crème.

La cuisinière a l'œil et la main, mais pour la langue, Kate pense être devenue la personne désignée. La seule à savoir goûter. Après un temps d'écrémage et de maturation dans la tiédeur du cellier, l'acidité de la crème devrait être parfaite. Le délai avant le barattage, tout comme le goût final du beurre, peuvent varier selon la saison, la nourriture absorbée par les vaches les jours qui précèdent la traite, la température de la pièce et l'odeur des aliments qui voisinent la jatte. Pour un palais averti, le moindre détail prend son importance, il faut être vigilante. Les bêtes ne donnent qu'une faible quantité de lait ces temps-ci, il n'est pas question de rater son coup.

De la pointe de sa longue cuillère elle écorche la surface de la crème qui se dessèche aux bordures, puis brasse la matière collante pour la rendre homogène. Son geste est maintenant sûr et rond, il part des hanches.

Au-dehors, la nuit tombe et Rena est priée d'interrompre le nettoyage des carafes pour allumer la lampe. En un éclair l'odeur aigrelette du lait est balayée par celles de l'allumette soufrée et du pétrole qui viennent d'enflammer la mèche. Il faut attendre un peu. Virginia connaît les étapes et de son propre chef entrouvre la fenêtre pour purifier l'air. Kate aime flairer la nourriture avant d'y risquer, avec élégance, le bout de sa langue.

L'été 1878, juste après son mariage, elle avait préféré s'installer à l'écart avec son mari, dans le cottage, comme en observation, ou en quarantaine. Elle entrait peu dans la cuisine. Virginia, d'ailleurs, venait d'accoucher de son troisième enfant et se remettait mal. Ça n'était pas le moment d'avoir sur le dos une jeune dame à amadouer, à rassurer ou à former. Kate avait bien compris que les ordres de mademoiselle Evaline, la sœur du capitaine qui régnait en maîtresse depuis la mort de la première Mrs Keller, lui suffisaient bien.

Et puis, peu à peu, elle avait fini par occuper sa place. Le temps était venu d'apprendre ce que personne, chez elle, ne lui avait appris. Comment se débrouiller du beurre, de la saumure, du fumage, des compotes, des biscuits, du pain, du gibier, des pickles, des liqueurs et du reste.

Elle a l'âge, et pourtant elle ne sait rien, avait dit Virginia à Arthur qui avait cru bon de le lui répéter. À croire que du Tennessee, de la ville, de l'enfance, on l'avait directement propulsée ici, à Ivy Green, au milieu des champs de l'Alabama. Jetée dans l'âge adulte comme dans le flot glacé d'une rivière.

Le temps a passé et, à vingt-cinq ans aujourd'hui, elle

commence à tenir en main les rênes de la maison. En témoigne le cellier débordant de conserves de légumes, de prunes au sirop, de confitures et de pêches séchées, de barils de lard et de jambons en saumure qui attendent le printemps pour être fumés avec l'aide de la cuisinière.

Les deux femmes collaborent en bonne intelligence. Virginia se lève à cinq heures pour que les *Parker House Rolls* soient servis tout chauds au petit-déjeuner, et quand trois heures plus tard la famille se réunit dans la salle à manger, Kate a fait rissoler les pommes de terre dont les garçons d'Arthur raffolent. Elle a graissé le moule à gaufres, Virginia y verse la pâte en chantonnant d'une voix sourde.

Enfin, la cuisine a retrouvé son atmosphère habituelle, sûre et terreuse. Kate frissonne et ferme la fenêtre, le parfum d'étable revient se frayer un chemin le long de ses sinus. Le linge salé est prêt, du bout des doigts elle en vérifie le bon degré d'humidité. Les planchettes luisantes de bois rainuré sont placées devant elle. La baratte a été traînée sur le sol et installée au centre de la pièce. Tout est là. Virginia garde le silence, patiente, renifleuse. Kate se prépare. Rena la dévisage, les mains jointes sur sa poitrine maigre. Rena agace, elle travaille si lentement, mais elle a conscience de la solennité de l'instant et son respect est apprécié. Kate lèche la cuillère, pointe le menton en avant et du bout de la langue enduit son palais de crème.

C'est bien.

D'un simple balancement de la tête, Rena est envoyée à la pompe remplir le seau dans lequel le beurre frais va être lavé au sortir même de la baratte. L'eau doit être la plus froide possible pour permettre au beurre d'être raffermi.

Kate la sent renâcler, personne n'aime sortir dans la cour en hiver. Le vent de février. L'eau glaciale de la pompe qui gicle sur les tabliers et pétrifie les doigts.

Un second mouvement du menton et voilà pourtant la jeune domestique qui dévale les marches, le seau à la main.

Une minute au plus a passé lorsque la porte s'ouvre à la volée, venant buter contre le buffet. Le choc et le grand air froid qui inonde la cuisine font se retourner Kate et Virginia, les sourcils pareillement froncés, prêtes à s'écrier d'impatience.

Mais ça n'est pas Rena.

C'est la nurse sans souffle dont le fichu de travers et les yeux agrandis, bordés de rouge, avertissent qu'un malheur est arrivé, là-bas, dans le bungalow retranché que Kate a quitté voilà moins d'une heure. Les lèvres pâles de la jeune fille tremblent dans la lumière. Avant que les premiers mots soient prononcés, Kate s'élance au-dehors. Le reflet de sa robe et les taches claires de ses mains disparaissent dans l'ombre.

La fenêtre là-bas, si faiblement éclairée, semble reculer sous le couvert des arbres à mesure qu'elle court dans sa direction.

4.

Les membres de la famille et certains domestiques sont réunis à l'intérieur ou au-devant, sur la véranda du cottage, comme un bourdonnement dans le froid. Il y a trop de bruit et de courants d'air. Aux questions qu'on lui pose, Kate ne sait déjà plus si la figure de l'enfant était écarlate ou bien grise lorsqu'elle l'a retrouvée tout à l'heure. Elle était brûlante et trempée, murmure-t-elle, elle était tour à tour raidie comme une bûche et inerte, aussi molle qu'une poupée de chiffon.

Le soir même, après la visite du médecin, trois hommes de la ferme sont réquisitionnés pour déménager les affaires vers l'autre maison. Le cottage semble avoir sa part de responsabilité dans l'affaire. Le lendemain à midi, les deux pièces qui abritaient Kate depuis son mariage sont vidées.

Sans protester, elle s'est laissé transporter vers sa nouvelle chambre avec ses meubles, ses robes, ses livres et sa fille suffocant dans son cou. Elle tangue. Mais elle a cédé : le bâtiment principal est plus aéré, mieux chauffé. Les domestiques y seront à sa main et sa belle-sœur aux petits soins. C'est là aussi, dans cette maison, que vivent les deux fils d'Arthur ainsi que Leila, la nièce orpheline âgée de seize ans. Tout le monde sera réuni autour d'elles.

Helen est gravement malade. Kate se tient à son chevet dans cette pièce trop grande, parfois relayée pour quelques heures d'un mauvais sommeil par Evaline ou une servante effrayée. Lorsqu'elle finit par s'assoupir, sa main nerveuse reste crispée sur le bois du petit lit qu'on a tiré contre le sien. Et dès son réveil en sursaut, elle se répand en murmures, embrasse les cheveux que la fièvre colle et brunit sur le crâne embrasé du bébé, guette le moindre sautillement de ses yeux fermés. Elle berce et prie interminablement, elle supplie, coulée dans l'espace des quelques millimètres qui séparent leurs deux peaux. Dépliant les doigts minuscules, elle humidifie du bout de la langue les paumes couleur de corail et puis soupire pour les rafraîchir. Elle sent alors les ongles de sa fille frémir sur les ailes de son nez et se couvrir de larmes.

Elle pleure quand on ne la voit pas, en silence et à peine, elle pleure à l'intérieur d'interminables sanglots, et, lorsqu'on la force à se tenir avec les autres dans le salon, loin du berceau, elle éloigne la lampe, comme si l'ombre était le seul abri.

De son côté, Arthur s'agite. Il tient absolument à renvoyer la nurse qui, dit-il, a regardé monter la maladie sans rien dire ni rien faire. Il a interrogé Martha pendant plus d'une demi-heure sans obtenir d'explications satisfaisantes.

Cette fille doit partir. Kate mesure l'injustice de sa décision. Les fenêtres du cottage ferment mal, la fièvre s'est glissée par les interstices sans que personne ne la repère. Ni elle ni Martha, ni personne. Lorsqu'elle est sortie pour aller baratter la crème dans la cuisine, elle savait déjà qu'Helen n'était pas bien. Depuis la veille au soir, peut-être plus longtemps, ses yeux brillaient d'un feu étrange. Jamais elle n'aurait dû la laisser seule avec cette fille sans expérience.

L'hiver. C'est l'hiver, simplement, a avancé Evaline. Les courants d'air cavalent partout à l'intérieur de ce bungalow. Pourquoi, aussi, avoir placé le lit aussi près de la vitre ? N'avait-elle rien senti du filet glacé qui tourbillonne à cet endroit ?

Kate charge un jeune domestique de porter une grande quantité de bois pour faire ronfler la cheminée de la nouvelle chambre. Helen ne doit plus jamais prendre froid. Percy met tant de cœur à sa mission que, pendant plusieurs jours, la pièce est transformée en fournaise. Kate y étouffe sans broncher, se lève la nuit pour rajouter des bûches tandis qu'Arthur se plaint de ne pouvoir trouver le sommeil. Ils parlent bas pour ne pas gêner l'enfant, mais entre les draps éclatent les premières querelles, sourdes.

Le troisième soir, Virginia s'en mêle et finit par déverser l'eau du broc de toilette sur l'amoncellement formidable des braises. Elle se retourne et toise Kate en silence. Striés de minces rivières rouges, ses yeux luisent de manière presque surnaturelle dans la vapeur du feu noyé.

La fièvre se nourrit du soleil et des flammes, lance-t-elle en quittant la pièce avec une sorte de majesté. Quelques gouttes échappées du broc ont formé à l'endroit où elle se tenait à l'instant des points brillants sur le parquet ciré, comme une constellation.

Les jours et les nuits passent et Kate ne dort presque plus : elle serre l'enfant contre elle. Elle mange et parle peu, cesse de se rendre en ville. Le paysage se rétracte autour d'elle. Elle se remet à broder et à lire aux heures où la petite lui semble endormie mais les fils s'emmêlent sous ses doigts, et même Balzac, qui l'accompagne depuis des années et dont elle sait de longs passages par cœur, échoue à la distraire. Les livres et les affaires de couture jonchent le sol autour de son lit. Elle ne les voit plus. Ne voit plus rien qu'Helen.

Poussée par Evaline, elle accepte néanmoins de quitter la chambre pour sortir chaque matin prendre l'air sous le magnolia. Elle tourne autour de la maison pendant quelques minutes sans penser, frôlant ses rosiers comme s'ils n'existaient pas. Elle est pâle, échevelée, habillée de travers. Sur les marches de la cuisine, Rena s'immobilise à sa vue et son sourire disparaît sous la buée. Kate s'écarte, comme prise en faute, contourne le petit bâtiment et surprend les gestes contraints de la jeune servante occupée à l'étendage de la lessive. Afin qu'il se libère des sueurs et des souvenirs du mal dans l'eau de la pompe, leur linge est changé le plus souvent possible. Elle note la grimace inquiète de Jessy, sa bouche qui s'écarte du drap pour ne pas risquer son contact. Même rincé, le tissu garde encore le fantôme de la maladie. La fièvre fait peur à tous, et aux Noirs davantage, qui dans leurs pauvres quartiers y résistent moins encore que les Blancs. Kate lance un bref sourire à Jessy et reprend sa marche.

Un peu plus loin, une forme claire dessine un trou mat sur le tas de purin et d'ordures. Quelqu'un a flanqué là la crème de l'autre jour. Un chat maigre s'approche et renifle, tourne la tête, la dévisage avec méfiance. Son oreille à demi arrachée a la forme d'une feuille de chêne rouge. Virginia a bien fait de jeter cette crème. Kate n'aurait pu avaler un gramme du beurre maudit qui en aurait été issu.

Là-bas, les aboiements des chiens du capitaine lui lacèrent les tympans. Ces bêtes-là sont toujours excitées. Ses propres oreilles doivent ressembler à celles d'un chat errant, songe-t-elle. D'affreux lambeaux de chair. Vers les arbres, une brume légère brouille sa vue et adoucit le paysage. Ce qu'elle découvre autour d'elle est tellement familier, comme si rien ne s'était passé. Tout ici est mensonge, lâcheté des apparences anciennes. Derrière, le linge chavire sur le fil, c'est Jessy qui ramasse et plie les draps de la veille dans son grand panier puis déguerpit sans demander son reste.

Il fait froid, maintenant, il faut rentrer, Helen est peut-être en train de rouvrir les yeux. Kate se précipite dans la chambre, dégrafe son corsage et contre son sein vient comprimer l'enfant, des cheveux aux pieds. Elle ne respire ni ne réfléchit plus, à peine survit-elle pour la tenir encore. Si elle parvient à ouvrir en elle un espace assez grand, la fièvre abandonnera la fille pour s'emparer de la mère. Si elle y croit assez.

De cet espoir et de ces manigances précises, elle ne raconte rien à personne. Pas même à Virginia, qui semble pourtant celle à qui l'on pourrait confier les choses les plus insolites.

Quand les deux ne seront plus qu'un, quand le dedans sera le dehors et le dessus le dessous, alors tu entreras dans le royaume, a marmonné la cuisinière en apportant, un soir, le bouillon neuf et la cuillère propre dans la chambre de sa maîtresse. Ou bien Kate a-t-elle rêvé et Virginia s'est-elle contentée de chantonner un de ses airs coutumiers en posant le bol sur la table. Cette phrase obsédante est pourtant venue battre dans ses oreilles pendant la moitié de la nuit. Le *royaume* semblait si lointain et si proche à la fois.

Le capitaine, lui, reçoit de nombreux visiteurs, venus de Tuscumbia ou des villes voisines, anciennes ou nouvelles connaissances, utiles ou agréables, politiques, compagnons de pêche et de chasse, avocats de Florence, commerçants, agents du chemin de fer et d'autres qui, sous ses ordres, travaillent au *North Alabamian*. Ils repartent le plus souvent sans avoir salué la maîtresse de maison, occupée à couver sa pauvre petite. Il ne faut pas la déranger.

Pendant des heures, leurs voix résonnent derrière la cloison sans que Kate sache de quoi ils peuvent bien s'entretenir. Elle aurait préféré qu'ils restent chez eux. Ils ont leur vie, qui ne l'intéresse pas. Leurs chevaux ont sans doute toujours besoin d'être ferrés, leurs fusils graissés, leurs domestiques et leurs métayers blâmés. Qu'ils en parlent loin d'elle.

Le journal dirigé par Arthur continue à paraître. Les nouvelles arrivent ainsi jusqu'à Ivy Green et elles sont ridicules. L'assassin fou du président Garfield vient d'être jugé et enfin condamné à mort. En ville, un homme en a abattu un autre au milieu de la 3e rue, des granges ont brûlé de façon suspecte à Florence ainsi qu'à Sheffield, la selle d'Abernathy mérite des réparations, un jeune démocrate de huit livres est né chez les Wittemore. Voilà les sujets de conversation du dîner. Le monde existe encore, dirait-on, au-dehors du petit lit d'Helen.

Malgré les apparitions et l'air affligé des rares femmes avec lesquelles elle s'est liée en ville, malgré les lettres nombreuses de sa mère, Kate est plus seule que jamais. Bien sûr, Arthur est présent, concerné, elle l'a vu par exemple frictionner consciencieusement le torse d'Helen avec la quinine prescrite par le docteur Cooper et s'enquérir de sa prochaine visite. Elle a vu sa bouche flageolante.

Mais la nuit, alors qu'ils sont tous deux allongés dans le lit, ses ronflements la transpercent, comme si leur bonhommie livrait le visage véritable de son mari. Arthur habite en réalité un monde différent. Elle tousse pour le faire cesser sans y parvenir.

Les bêtes sournoises des dernières braises sont tapies dans la cheminée. Dehors, un oiseau lance dans l'obscurité un long cri qui lui ouvre en deux la poitrine. Elle reste sans bouger. Si elle jetait un œil sur le drap elle verrait son propre sang y grandir en une longue rivière rouge. Est-il possible que Virginia ait entendu ce cri elle aussi, là-bas derrière, dans le réduit jouxtant la cuisine où elle a ses quartiers ? La cuisinière se vante de savoir démasquer, à leur simple figure, à leur sonorité ou à leur odeur les mauvais présages qui hantent le pays à la recherche de victimes. Elle connaît ces signes, dit-elle, car tous les malheurs ont déjà frappé sa lignée. Kate ignore de quoi elle parle exactement, et ne veut pas savoir.

Mais non, Virginia doit dormir, blottie contre ses enfants. Kate cherche leurs prénoms. Isaac. Penella. Et Jewel.

Il faut cesser de penser à cette femme. Son esprit rôde trop souvent autour d'une servante dont, avant la guerre, le grand-père, les tantes, le frère et la mère appartenaient à la famille Keller. Pour les gens de la condition de Kate, Virginia n'est rien. Elle n'a pas de mari, ne sait ni lire ni écrire et a oublié jusqu'à la date à laquelle elle est née.

À croire qu'il n'existe personne vers qui se réfugier. Elle ferme les yeux. Arthur prend toute la place. À proximité du lit, le souffle d'Helen, empêché, sifflant, bataille contre celui de son père. Elle voudrait ne pas les entendre se mélanger.

Alors pendant des heures elle se surprend à l'attendre. Lui. Celui qu'elle appelle l'aigle à tête blanche. Les aigles ne font pas partie des oiseaux nocturnes, elle le sait, mais l'image de celui qu'elle a vu un été, fondant sur le fleuve, lui revient en mémoire chaque fois que ce cri résonne dans la nuit. Elle voit les écailles luisantes des serres, le bec puissant et jaune, les ailes frémissantes. Elle sent, comme si elle en suivait la trajectoire, sa chute inéluctable vers l'eau, d'une troublante violence. Elle est à la fois le prédateur et la proie. Dans les hauteurs du magnolia, là-bas, le regard énigmatique de l'oiseau doit dessiner deux points scintillants.

Pendant une longue semaine, les fièvres entêtées tiennent bon. Simpson, le plus jeune fils d'Arthur, a huit ans un matin et tout le monde s'en fiche.

Kate retourne en tous sens les mots prononcés par les hommes de science, s'efforçant de comprendre ce qu'ils ne disent pas. À la demande d'Arthur, les deux médecins que comptent leurs familles ont exposé en sus du praticien local leurs craintes et leurs espoirs. Elle avale leurs soupirs, guette leurs yeux qui s'échappent. Ces gens s'agitent, parlent fort mais au fond, ils n'ont aucune solution au mal. Ils n'en savent pas plus qu'elle.

À l'issue de ses visites quotidiennes, elle reconduit le docteur Cooper vers les premières marches du porche, attendant de lui une parole consolante, un espoir dont il n'aurait osé faire état devant son mari. Un domestique l'y attend dans le froid, la main sur la bride du cheval. À la seconde où Cooper laisse retomber son corps massif sur le siège de la voiture, elle tente de croiser son regard. Il est toujours fripé, fermé. Sa bouche sourit, pourtant. En entrant un peu plus tôt l'homme lui a tapoté le bras et à l'instant vient de répéter son geste tout en attrapant son chapeau. Il fait de son mieux. La médecine fait de son mieux. Les enfants meurent, répète Cooper sans le dire. D'un claquement de la langue, il ranime le cheval et s'éloigne sans se retourner en direction du centre-ville.

Après quelques tentatives, elle abandonne l'idée de le raccompagner et reste sur son fauteuil le temps des consultations, à le fusiller du regard.

Enfin, le soir du dixième jour, il finit par avouer. Malgré tous leurs soins, leur fille de dix-neuf mois ne pourra pas survivre. Il faut s'y préparer.

C'est au père que le médecin vient de murmurer cette phrase, alors qu'Arthur croit sa femme si ahurie de sommeil qu'elle n'en entendra rien. Ne comprendra, ne souffrira pas. Les mots du docteur crépitent dans la chambre à la façon du bois cédant sous l'action de la chaleur, ils se faufilent en elle et explosent, ils brûlent et blessent, Helen ne va pas survivre.

Mais c'est au pluriel que Cooper aurait dû parler, se dit-elle, car la mère n'existe pas sans la fille.

Elles ne vont pas survivre.

Les deux hommes se dirigent avec précaution vers la porte. Dix-neuf mois, répète Arthur en tournant la poignée. Sa voix pâle est comme un glapissement de chien.

Helen ne va pas survivre. Dans le petit lit, l'enfant vêtue d'un lange et d'un simple tricot, le visage tourné vers le drap chiffonné, ne bouge quasiment plus.

5.
MARS 1882

Le lendemain, pourtant, la fièvre était tombée, aussi mystérieusement disparue qu'elle était apparue. Comme si Helen, depuis son berceau, avait entendu la sentence du docteur Cooper et n'avait pas voulu s'y plier. Kate avait attendu quatre jours de température stable pour enfin fermer les yeux, souffler, et dormir neuf heures d'affilée, comme un bloc de pierre jeté dans son lit. Sa fille était sauvée. Elle aussi.

À l'annonce de la rémission, Virginia s'était mise à chanter, assise sur les marches de la cuisine malgré la fraîcheur, de sa voix brune et rauque. Sans doute un chant de grâce, un chant des tumultes issus de son monde inconnu. Kate en avait reçu les éclats des heures durant, ils flottaient dans l'air et venaient s'évanouir sur elle tels des fragments de papier brûlé. Par la fenêtre de sa chambre, elle apercevait les hommes qui passaient, chargés d'outils et de planches, Yates et Hilliott qui tournaient la tête et souriaient comme s'ils pouvaient la voir à travers les carreaux. Derrière eux, les branches nues du grand chêne des marais dessinaient vers le ciel des formes noires et victorieuses.

Les semaines suivantes, elle est une chatte féroce. Il faut à Helen le doux et le frais, l'amer et le miel. Le dedans le dehors, le dessus le dessous. La petite reprend lentement des forces, engraissée de potages, de sauce, de biscuits et de confitures. De lait chaud qu'on porte de l'étable après chacune des traites. Et dès qu'Helen est en mesure de mâcher de nouveau, Virginia est priée de mettre deux fois plus de sucre qu'à l'ordinaire dans ses biscuits battus. Simpson prend goût le premier à cette nouvelle recette. Quand Kate ne le regarde pas, il se glisse dans la salle à manger et pille la boîte en fer réservée à sa sœur. Rena cafarde. Simpson se défend : bébé Helen a trop de tout.

Il n'est pas seul, d'ailleurs, à manifester son exaspération. Son frère James, âgé de quatorze ans, soutient avec insolence le regard de sa belle-mère pendant les repas. Helen et Kate, sans cesse sur la route des garçons Keller. Arthur s'agace, la tension monte.

Mais elle sourit et se détourne d'eux, indifférente, elle n'a qu'un être en tête et s'est détachée du reste de la famille. À peine le dessert avalé elle bondit pour aller chercher sa fille dans son lit, guettant son réveil ou le précédant. Son pas est hésitant mais, si on voulait bien lui lâcher la main, la petite se remettrait sans doute à trotter. En attendant, Kate la promène toute la journée sur sa hanche ou contre sa poitrine, emmaillotée d'une fine couverture de laine.

Un après-midi de temps sec, elle autorise le plus doux des chiens du capitaine à pénétrer à l'intérieur de la maison dans le hall et le laisse approcher. Helen, contre sa jupe, se tient debout entre ses jambes. Lorsque la truffe de l'animal vient fouiller les deux paumes ouvertes, la joie de l'enfant retrouvant son vieux camarade s'élève jusqu'à elle. Elle est vivante. Elles sont vivantes.

Les beaux jours s'annoncent, elles vont bientôt ressortir sous les arbres. Elles iront ramasser des fraises dans le potager et nourrir la basse-cour ensemble. Sous sa surveillance, Helen caressera les lapins et la tête des veaux nouveau-nés. Elle-même se remettra à lire une ou deux heures par jour. Le merveilleux Souvenir de Gabrielle Drevet refleurira sous la fenêtre et embaumera l'intérieur de sa chambre. De nouvelles variétés de roses thé viendront compléter sa collection et les jeunes pieds de Général Jacqueminot, trop exposés au vent, seront déplacés. Avec l'aide de la nièce d'Arthur, elle coudra une petite robe neuve. Rouge, a suggéré Leila.

Et Helen renaîtra au monde, exactement comme avant.

Pourtant, quelque chose ne tourne pas rond. Kate connaît l'asthénie consécutive aux accès de température et à une alimentation ralentie, pour l'avoir traversée à plusieurs reprises au cours de sa vie. Ça n'est pas ce qui l'inquiète. La convalescence sera longue mais l'entrain dont sa fille a toujours fait preuve va revenir, lentement, mais sûrement, elle en est persuadée. Cette fois, c'est différent. Il ne s'agit pas de vitalité. Il s'agit d'œil.

L'œil gauche d'Helen est toujours de ce bleu sucré, mais il est changé. Il a pris une place considérable dans son visage : un être malfaisant semble l'avoir aspiré et sorti de son orbite. Kate a beau tout essayer pour ne pas le voir, les autres ne se font pas prier pour attiser son inquiétude.

Et puis ça arrive, dans le salon, un après-midi de dimanche. James vient d'attraper le bébé sous les deux aisselles. Il veut vérifier, dit-il, ce qu'il en est vraiment de cet œil globuleux. Il soulève sa sœur, et pour mieux voir la présente au grand soleil blanc qui fuse depuis la fenêtre. À peine dans la lumière, Helen pousse un cri rauque avant de se débattre, comme si son frère l'avait mordue. Kate la rattrape de justesse.

Mais ce n'est pas James, c'est le jour qui mord, qui brûle les pupilles de sa fille.

Arthur renvoie aussitôt chercher le docteur Cooper. En l'attendant, Kate demande qu'on fasse chauffer de l'eau et donne le bain à Helen dans la grande bassine en métal, à l'écart. Elle veille à ce que la lumière ne vienne pas directement sur elle, se plaçant entre la fenêtre et le baquet, offrant son ombre douce. La petite est encore faible et son visage amaigri n'a pas encore repris ses expressions anciennes. Quand la cruche est versée sur ses cheveux, elle sursaute avant de fouetter l'eau du plat de ses deux mains.

Elle babille comme autrefois. Mais ses yeux. Quelque chose ne va pas. Kate se l'avoue sans savoir dire de quelle manière exactement. C'est au-delà de cette béance. Ça n'est pas non plus la couleur. Elle inspecte tour à tour l'œil épargné et l'œil mauvais, les pupilles noires largement déployées au centre d'un mince bandeau de pierre bleue. Le blanc, douloureux, parcouru de veinules. Elle pense aux yeux souvent rougis de la cuisinière. Virginia, après tout, ne s'en est jamais plainte. Du bout de l'ongle elle effleure le bord de la paupière, et Helen, piquée, repousse vivement sa main. Son regard, roulant. Ses clignements, fréquents, fuyant le jour.

Allons. Helen est encore sous le coup de la maladie. Elle est si jeune, elle n'a pas deux ans. Kate lui sourit, fredonne la chanson qu'elle aime, la chatouille sur les côtes et embrasse sa main. Son odeur, se demande-t-elle, son odeur s'est-elle transformée elle aussi ? Elle n'est plus sûre de rien. Sa figure se déplace devant celle de l'enfant. Elle cache ses propres yeux derrière ses doigts pour les ôter soudain, afin que ceux d'Helen la suivent. Helen, Helen, chantonne-t-elle. Helen.

Rien ne va.

Saisie d'une intuition, elle projette brusquement sa main devant le nez de sa fille. Ouverte et puis fermée, comme un poing qui voudrait frapper. Elle recommence et recommence. Pour voir. Pour savoir. Pour vérifier. Pour se faire du mal. Car chacun des coups, c'est elle qui les reçoit. Les uns après les autres, à la poitrine et au ventre, à la bouche.

Elle se souvient qu'avant la maladie, Helen était capable de repérer et de piquer entre le pouce et l'index une épingle glissée entre deux lames du parquet, là-haut, dans la pièce de couture. De retrouver les boutons minuscules qui avaient roulé près des malles. De picoter les taches de soleil qui sautillaient imperceptiblement sur les murs du cottage.

Dix jours, dix petits jours de fièvres et tout est changé.

6.
AVRIL 1882

Les successives épidémies de fièvre jaune qui s'emparent de Memphis, été après été, ont fait d'innombrables victimes mais ont aussi chassé une partie de la population au-delà du comté. Nul doute que Charles aurait dû quitter la ville infestée, écrit Lucy Adams à sa fille.

Louise et John Rand, un couple d'amis venus la voir la veille après deux ans d'absence, se sont réfugiés avec leurs fils au nord de l'Arkansas dès les premiers signes de contagion. Si nous avions eu leur prudence, je suis certaine que tu aurais encore ton père aujourd'hui, dit-elle.

Il y a des années, lui a raconté Rand tandis que Cora leur servait le thé, une tribu indienne a découvert une source aux vertus étonnantes dans les monts Ozark. La chose a fini par se savoir, et les gens ont tellement afflué qu'une ville a éclos spécialement pour eux autour de cette source.

Kate a lu cette lettre en revenant du bureau de poste tout à l'heure, et la relit au capitaine juste après le dîner.

Le prodigieux sentiment de pouvoir qui l'avait envahie à la fin du mois de février, lorsque la fièvre était tombée, l'a désertée depuis longtemps. Il est maintenant clairement établi qu'Helen n'est pas vraiment guérie. Et puisque la quinine, le camphre, la moutarde, le chaud et le froid, les gouttes et les frictions du docteur Cooper n'ont pas été plus efficaces que les herbes magiques ramassées par Hilliott dans les bois, puisque sa propre foi a laissé s'échapper dans le noir un morceau de sa fille en affectant de la sauver tout entière, puisque l'oculiste récemment consulté dans le Tennessee a eu le mot terrible, inaudible – *aveugle* –, elle veut, elle va, tenter de suivre une autre piste.

Elle siffle entre ses dents verrouillées tandis qu'Arthur parcourt la lettre qu'elle vient de lui lire, comme si l'entendre de la bouche de sa femme ne pouvait suffire.

Il n'est pas trop tard, dit-elle.

De récents tests ont montré qu'Helen est encore capable de distinguer certaines choses. Certains mouvements, par exemple, même s'il n'est pas toujours aisé d'en identifier avec fiabilité la nature. Si leur fille craint la lumière, c'est aussi qu'elle est capable de la percevoir. Il demeure un terrain sur lequel rebâtir.

En complément des médecines traditionnelles et des spécialistes, on aura recours aux Indiens, annonce Kate alors que le capitaine entame la lecture de l'article ajouté par Lucy à sa lettre.

Iola Register, 16 janvier 1882
Il intéressera sans doute certains de nos lecteurs de lire

quelques mots à propos de la découverte des vertus médicinales des eaux d'Eureka Springs, en Arkansas.

Voici trente-cinq ans, un dénommé Jackson, chassant dans les montagnes, contraignit le puma qu'il pistait à se réfugier dans une crevasse. Son chien, lancé à sa poursuite, se trouva à son tour prisonnier des rochers. Jackson envoya son fils chercher chez eux de quoi le tirer de là. Ce garçon, devons-nous préciser, était affligé d'une douloureuse maladie oculaire depuis des années. Tandis qu'il se démenait pour sauver son chien, la sueur qui coulait dans ses yeux le faisait souffrir, aussi allait-il fréquemment les baigner dans l'eau fraîche et pure d'une source voisine. Comme il s'en était senti apaisé, il y revint pendant plusieurs jours, et après une semaine environ fut complètement guéri. Alors qu'il était quasiment aveugle avant cette partie de chasse, sa vue était redevenue parfaite. Père et fils étaient très heureux. Le vieux Jackson fit profiter de cette eau d'autres personnes atteintes de troubles oculaires et toutes s'en trouvèrent fort bien, sans que jamais l'origine de cette eau ne soit dévoilée. Il a fallu attendre la mort du vieil homme pour que son fils révèle le secret.

Au pied de la montagne où coule cette eau, il existe un bassin si parfait qu'il a donné son nom à la source, Basin Springs. On dit que ce sont les Indiens qui l'ont trouvée et ont creusé le bassin dans la roche. L'eau y est aussi claire que du verre, pure et douce. Les gens ont bientôt commencé à se rassembler à cet endroit pour tenter de guérir un nombre inimaginable de maladies. Les résultats furent tels qu'une ville fut bientôt édifiée à proximité pour les accueillir. Aujourd'hui, en deux années seulement, Eureka Springs compte déjà 15 000 habitants. Il ne fait absolument aucun doute que cette eau possède des vertus secrètes qui lui permettent de traiter des maux que la médecine est incapable de soigner. Des milliers de cancers ont été guéris grâce à elle, ainsi que d'autres affections, à l'exception de la tuberculose contre laquelle elle semble être inefficace. On trouve ici, à Eureka Springs, des hommes et des femmes venus des quatre coins de la terre. Certains, dont le nez et les yeux sont dévorés par le mal, sont victimes de cancers. D'autres sont déformés par les rhumatismes, ou simplement fatigués de la vie. En réalité,

Une paire de ciseaux a découpé l'article au-dessous de ces derniers mots. Kate se demande si les phrases qui suivent seraient en mesure d'étouffer ses espoirs. De quelle *réalité* désolante peut-on encore la protéger ?

Le capitaine relève la tête et soupire. Certes, les cures thermales ont le vent en poupe, ces temps-ci, mais il imaginait… Se laisserait-elle prendre à des mirages pareils ? *Les Indiens*, vraiment ?

Elle sait à quel point Arthur est affecté de ce qui arrive à leur fille. Il s'est démené pour obtenir des rendez-vous chez des spécialistes installés en dehors du comté et a même abandonné temporairement ses affaires au journal afin de l'y accompagner. Pourtant, à cause de cette moue, à cause du regard supérieur et déçu qu'il pose sur elle, elle tourne les talons avec humeur et rejoint sa chambre sans prononcer un mot.

À l'arrière de la maison, les chiens se sont mis à aboyer avec fureur, comme en écho à sa colère. Elle commence une lettre en réponse à celle de sa mère. Arthur est sorti, et assise à sa table elle le voit s'avancer d'un pas vif au milieu de l'allée devant la fenêtre, dans le jour qui tombe. Une longue mèche flotte au-dessus de son crâne presque nu, lui donnant une allure vaguement ridicule. Du bras puis de sa forte voix, il apostrophe Yates, car Yates, inoffensif, imprudent, est le seul à se présenter encore alentour. Yates travaille pour les Keller depuis tant d'années, Yates s'efforce de toujours satisfaire. Il est la victime idéale.

Mais le vieil homme secoue la tête, il ignore ce qui agite les chiens. Il ne peut rien pour le capitaine, hormis garder pour lui ses idées de miracle, si tant est qu'il ait des idées pareilles. Kate est la seule à croire qu'on puisse encore les aider.

Les jours qui suivent, Arthur finit pourtant par missionner un reporter du *North Alabamian* afin d'obtenir des informations plus précises sur l'eau miraculeuse des monts Ozark. Il apprend que la fille d'un chef sioux a autrefois recouvré la vue grâce à elle, et qu'en 1856, le fils d'Alvah Jackson fut le premier Blanc à en découvrir les bienfaits.

Jackson a improvisé une infirmerie dans une grotte à proximité du bassin et y aurait soigné des dizaines de soldats pendant la guerre, rapporte Arthur après le dîner. À la fin des années 1870, un juge de ses amis, miraculeusement guéri de son érysipèle, a décidé de fonder la ville d'Eureka Springs pour que les populations puissent à leur tour profiter de la source providentielle. Jackson, lui, est mort dès la construction des premières cahutes, juste avant la naissance d'Helen.

Et tourne à la ronde une photo qui le montre en compagnie de cinq hommes, posant avec majesté devant un grand rocher. Il est tête nue, blanc de poil et de cheveu, son fusil à la main.

Il a l'air d'un vieux fou, dit James.

Quant au bon juge, il a flairé le filon avec sa ville nouvelle, soupire Arthur.

À sa voix, Kate croit deviner que pourtant, le capitaine aimerait y croire. Trouver des signes et des lumières.

Alors elle se décide, se renseigne à la gare. Elles vont devoir remonter jusqu'à Saint-Louis, dans le Missouri, pour changer de train, mais si tout se passe bien elles finiront par atteindre la source miraculeuse en une seule journée de voyage.

Evaline se montre enthousiaste en apprenant le soir même le projet de sa belle-sœur. Elles ne seront pas trop de deux pour tenir la petite, dit-elle. Elle est prête à l'accompagner. Depuis que la fièvre est tombée, rien de concluant n'a été entrepris et bientôt, il fera trop chaud pour envisager un long déplacement. Elle est d'accord pour Eureka Springs. Elle y croit elle aussi.

Après le dîner, l'une et l'autre se lancent avec une grande énergie dans la préparation des bagages. Kate écrit plusieurs lettres. Avec Helen elles quitteront dès lundi Arthur et les deux garçons, quitteront Ivy Green, Tuscumbia, le comté de Shelby et l'État de l'Alabama. Des jours meilleurs se profilent enfin.

7.
JUIN 1882

Alors que le train ralentit, par la vitre Kate aperçoit Arthur qui les attend sur le quai enflammé de poussière. Debout, très droit, l'air inquiet. Prêt à fondre sur elles.

Le bleu de ses yeux a changé. Il est plus pur. Plus intense.

C'est ce qu'il dit en les retrouvant. Il sourit. Il rit presque. Les yeux de sa fille. Six semaines qu'il en est privé.

La chaleur accablante et les tourbillons de vent les accueillent à Tuscumbia avec une violence de mauvais augure. Evaline se dit barbouillée depuis les premières heures du voyage. Kate, se dirigeant vers la voiture, fuit les regards du capitaine autant que ses effusions. Autour, des gens les regardent, elle veut rentrer chez elle le plus vite possible. Les choses n'ont pas marché comme elle l'avait prévu et il est impensable de le reconnaître ici, en public.

C'est sans doute pour retarder cet aveu qu'elle prend les devants. Le traitement doit être poursuivi quelques semaines supplémentaires, annonce-t-elle alors que le buggy s'élance sur la route. Les yeux d'Helen seront baignés quotidiennement avec l'Eau pour les yeux du Dr Jackson, dont trois caisses vont être livrées à Ivy Green dès le lendemain. Il est hors de question de renoncer.

Matin et soir, elle s'installe sur le sofa et allonge l'enfant sur ses genoux. Elle place son crâne dans le pli de son coude et souffle autour de sa figure, comme pour l'envelopper d'une brume protectrice. Elle la dessine, la tempe l'oreille la joue creusée, le menton, la joue creusée l'oreille et enfin la tempe opposée. Elle ne veut pas céder, elle ne peut pas. Si là-bas, ils n'ont pas réussi, à son tour d'essayer ici. À sa façon à elle. De douceur. Et d'obstination.

Elle caresse les cheveux d'Helen, lui murmure des paroles glissantes, sans signification. Elle lui tient les mains. Armée d'un flacon, Evaline entre en action et verse avec précaution cinq gouttes dans chaque œil. À deux elles bravent les gémissements, les soubresauts, les cris étranglés. Certains jours, la petite ne se débat qu'à peine.

Il arrive que Virginia entre dans la pièce sous prétexte d'apporter une quelconque collation ou de poser une question urgente, et assiste à la scène. Elle passe sans se presser et un murmure d'approbation jaillit entre ses lèvres, pareil à un léger toussotement. Si elles en ont les moyens, comprend Kate, les mères sont tenues de s'acharner jusqu'au bout pour sauver leur progéniture.

Avec leurs mains, avec des lampes allumées et de grandes chemises blanches, avec des foulards de couleur qu'elles brandissent, escamotent ou ébrouent devant les yeux malades, elles font et refont des contrôles le soir avant le dîner.

Il leur semble que les premiers résultats de six semaines de traitement auraient dû se faire sentir dès leur retour d'Eureka Springs, sinon sur place. Le fils d'Alvah Jackson aurait été guéri en une seule semaine, selon la légende. Il n'en a rien été pour Helen, et aujourd'hui, malgré d'innombrables fausses espérances, aucun progrès n'est attesté. Chacun y va de son conseil. Hilliott, le palefrenier spécialiste des plantes et de la forêt, s'obstine à rapporter de nouvelles herbes et des écorces. Virginia en fait d'infâmes décoctions que, matin et soir, Helen est tenue d'avaler. À Memphis, Lucy redouble de prières.

Rien ne marche. L'œil gauche est toujours enflé et l'un comme l'autre sont indifférents à tous les stimuli.

Quand un soir le capitaine propose de prendre le relais et de traiter sa fille lui-même, les deux femmes, fatiguées, cèdent sans plus de réticence un terrain jusque-là réservé. Désireuses d'abandonner malgré leur orgueil et leur foi des manœuvres qu'elles ont fini par comprendre inutiles, elles capitulent avant de se haïr l'une l'autre.

Le dimanche suivant, dans l'après-midi, Kate installe sa fille à l'ombre d'un buisson, près de la véranda qui court à l'arrière de la maison. Elle prend une minute pour la rassurer à voix basse. Avec la maladie, Helen est devenue craintive, elle ne supporte plus d'être seule. Assise sur la pelouse, elle est si près d'elle, et si loin. Elle semble inquiète mais ne se lève pas pour tenter de suivre sa mère, ainsi qu'elle l'aurait fait autrefois. Dans sa nouvelle robe rouge, elle se tient droite et l'air égaré, puis bascule en avant sur les paumes. On dirait qu'elle va reprendre la marche au début du début, a fait remarquer Rena l'autre jour. Le ventre et les quatre pattes avant le debout.

Kate fait un pas supplémentaire en arrière. La petite laisse échapper un cri rauque tandis qu'elle tâtonne dans l'herbe. Au mois de janvier dernier, il fallait la voir trotter, piaillant derrière la fille de Virginia, les bras tendus vers les rubans de son tablier. Jewel, plus âgée, la dépasse d'une tête, mais en ce temps-là Helen la suivait à la trace sans trop se laisser distancer.

Au-dessus de la masse flamboyante de la robe, sa figure dessine un cercle livide qui se détache sur le vert des feuillages, comme la tête d'un enfant mort qu'une force immatérielle autoriserait encore à remuer. C'est pendant les fièvres que son visage avait commencé à se transformer, maigre et terreux autour des orbites, et pâle, si pâle aux joues, au front et à la bouche.

À croire que le sang par-dessous la peau a fini par s'en aller voir ailleurs, avait annoncé Percy aux domestiques rassemblées autour de lui dans l'étable. Kate l'avait entendu. Il semblait affecté. Sa pauvre tête est presque bleue, avait-il conclu.

Le sang du ciel ! Le Seigneur seul peut juger des péchés des hommes. La voix glapissante de Rena vibrait entre les toiles d'araignées et les poutres au plafond.

Kate ressort de la maison, les bras chargés d'une caisse en bois qu'elle lâche sans ménagement sur le plancher de la véranda. Helen est plus calme que d'habitude, elle n'a pas bougé et ne s'agite pas davantage lorsque, les dents serrées et les yeux fixes, sa mère extrait de la boîte les derniers flacons qui y gisent encore, dans leur écrin de paille. Kate les débouche et les vide un à un au pied d'un rosier. Avec l'ultime goutte qui tombe, se dit-elle, c'en est vraiment fini des charlatans et de leurs miracles. Elle voudrait lancer au loin les quatorze petites bouteilles aux étiquettes mensongères.

Sur la gauche, un vacarme de volaille interrompt son geste. Virginia doit faire leur affaire aux poulets dont elle a besoin pour le dîner ce soir. Helen tapote l'herbe des deux mains, geignant doucement. Il n'y a pas si longtemps, elle aurait réagi d'une autre manière au tapage qui vient d'éclater. Elle aurait couru vers le poulailler pour voir ce qui s'y passait. C'était une enfant qu'il fallait surveiller sans cesse, tant elle était curieuse. Et aujourd'hui, alors que l'air est encore transpercé des appels désespérés des poulets, elle semble indifférente, n'a pas même sursauté, comme si les oiseaux ne l'intéressaient plus.

Peut-être s'en est-elle détournée. Il doit exister chez certains enfants particulièrement éveillés une conscience de leur corps et de ses limites. Une sagesse, une patience nées de la distance qui les sépare désormais du monde extérieur. Helen attend le remède qui lui permettra de renouer les liens, comme si rien ne s'était passé, avec les poules et les dindons, les veaux, les lapereaux et les chiens qu'il y a quelques mois elle semblait tant aimer. Kate veut y croire encore. Un remède existe, une opération. Arthur a parlé d'un nouvel oculiste à la frontière ouest du Mississippi.

À ses pieds, le jeune Étoile de Lyon qui vient d'être arrosé de l'Eau miraculeuse fleurit pour la première fois, et les flacons du docteur Jackson n'y sont absolument pour rien.

Elle prend sa fille dans ses bras, s'installe dans le fauteuil sur la véranda et la berce, et se berce. Leurs gazouillis se mélangent et une sueur triste coule entre elles. Elle pose sa paume sur le mauvais œil, pour le dérober à sa propre vue et le protéger d'un même geste.

Elle parcourt distraitement une nouvelle lettre de Lucy, dont elle a glissé l'enveloppe vide entre les mains d'Helen pour la distraire le temps de sa lecture. La poupée est restée dans la chambre.

À Memphis, les eaux du fleuve ont dangereusement monté avec les pluies, lui apprend sa mère. Le major John D. Adams vient d'inaugurer un bateau à vapeur qui sera chargé de relier les États de l'Arkansas et du Tennessee, transportant le courrier et ce dont la ville a besoin. Quel dommage de n'avoir pu en profiter lors de notre arrivée ici, déplore Lucy, nous avions dû, souviens-toi, remonter vers le nord jusqu'au pont Saint-Louis pour traverser le Mississippi. Le bateau mesure plus de soixante-quinze mètres et a été baptisé d'après la femme du major. Sans doute l'as-tu rencontrée voici quelques années… Tu l'auras compris, *Kate Adams* est le nom du merveilleux navire dont tout le monde parle ici, et dans les conversations, j'entends le tien à la place.

Kate n'est pas certaine de savoir profiter comme il le faudrait des tentatives de sa mère pour la détourner du chagrin. Elle se fiche bien de ce bateau et des enthousiasmes grotesques qu'il peut provoquer.

À la porte de la cuisine, Virginia sonne la cloche avec force et, plongée dans ses pensées, Kate ne peut retenir un sursaut. La faim est revenue en elle, qui avait tant maigri pendant la maladie et les premiers temps de la convalescence. Elle replie la lettre, cherche l'enveloppe qui a échappé à sa fille et la cloche sonne toujours. Le déjeuner est prêt. Helen a laissé sa joue contre la poitrine de sa mère et se tient tranquille. Tu es bien mignonne aujourd'hui, murmure Kate.

Sa petite main posée à plat sur la robe rouge. Ses doigts tranquilles. Et la cloche qui s'emballe. Kate se redresse, fronce la bouche. Et puis elle comprend.

8.
MAI 1885

L'odeur est encore accrochée à elle, comme une suie. Main Street est pourtant loin derrière mais elle garde les mâchoires crispées. Elle respire à petits coups et essuie ses mains sur le coussin du buggy, avec dégoût, comme si l'odeur était sur elle plutôt que flottante au-dessus de la ville. La forte poussière tourbillonne autour du cheval, chaude et collante, elle semble vouloir disperser dans le comté l'histoire de la nuit précédente. Ce qui s'est passé là, de tumulte.

Aux dernières heures de la nuit, alors que le soleil n'était pas levé, une troupe d'hommes dont le nombre et l'identité demeurent flous est entrée en force dans la prison, s'est emparée d'un jeune Noir qui y était retenu et l'a roué de coups avant de brûler son corps. Bien sûr, ce n'est pas la première fois qu'un tel épisode se produit, ici comme dans n'importe quel autre comté du Sud, mais Kate ne peut s'empêcher d'en ressentir un malaise. Croisant le regard d'un vieillard posté sur le bord de la route, les yeux luisants comme s'ils étaient baignés de larmes, un incident qu'elle croyait avoir oublié remonte à sa mémoire.

Un jour, alors qu'elle vivait encore avec ses parents et ses frères à Memphis, un individu à l'allure de vagabond en fuite l'avait apostrophée dans la rue. À quelques pas de là, plusieurs hommes noirs avaient été pendus la veille par une foule en colère. *Je vous déteste énormément*, lui avait lancé l'homme qui arrivait à sa hauteur à l'intersection de l'avenue. Elle devait avoir douze ou treize ans et pendant des mois ces mots et ces yeux effrayants l'avaient poursuivie. Je vous déteste énormément. Elle ne détestait personne, elle, et quand bien même, il lui aurait été impossible de formuler son sentiment ainsi. Le formuler tout court. La colère qui habitait cet homme, avait-elle deviné, était née d'une inconcevable blessure, à jamais hors de sa portée.

Aujourd'hui lui revient son regard, plissé, jaillissant sur elle comme une guêpe. Elle tousse jusqu'à perdre le souffle et le centre-ville de Tuscumbia disparaît derrière le buggy.

Voilà ce qu'elle savait de l'affaire en entrant dans la boutique tout à l'heure : la veille avant le souper, une femme avait été attaquée à l'arrière de sa propre maison, non loin de la rivière. L'homme s'était jeté sur elle sous les yeux de ses enfants.

De crainte que des précisions déplaisantes ne soient portées à sa connaissance, Kate avait décidé de ne pas s'attarder chez Harris Brothers malgré les deux ou trois articles qui lui manquaient encore sur sa liste. Elle se dirigeait vers la porte quand une matrone coiffée d'une capeline peu seyante l'avait prise à partie. Elle avait déroulé toute l'histoire sans oublier les détails et, tout à coup, avait donné le prénom du mort. Elle l'avait craché, plutôt, souhaitant sans doute le rattacher de cette manière à l'infinie lignée des *gens de cette espèce.*

Ce Jordan.

L'a fait ce qu'il fallait pour être attrapé et jugé par les hommes, puisque Dieu, croyez pas – et son rire avait lugubrement ricoché contre les alignements de bocaux –, on dirait qu'à c't'heure le bon Dieu dort encore !

Ça en fera toujours un de moins dans le comté, avait renchéri une autre qui s'avançait vers elles depuis le fond de la boutique. La veuve Hogan, ou quelqu'un qui lui ressemblait. Dans l'échauffement, le bas de sa jupe s'était légèrement relevé, dévoilant ses lourdes chevilles, nues, écœurantes.

Y a des gens qui… – et la femme avait dévisagé Kate d'un drôle d'air – … servent pas à grand-chose ici-bas.

Kate les avait examinées à son tour, l'une, puis l'autre, soutenant leurs regards stupides et persifleurs avant de prendre la parole.

N'a-t-Il pas jugé bon, Mesdames, de nous placer tous ensemble sur la terre ? Il a certainement ses raisons. Ne serait-ce que nous faire réfléchir.

Et elle était sortie de chez Harris sans attendre de réponse. Ensuite, elle s'était déplacée dans la ville de manière à éviter les attroupements, se déportant vers l'est jusqu'à s'engager dans Lafayette Street au lieu de remonter par Water comme à son habitude. Elle n'avait pas envie, n'a jamais eu envie, de se mêler au brouhaha, elle qui toujours a répugné à la plainte et aux débordements.

À l'inverse, tant d'autres se pressaient des quatre coins de Tuscumbia, avides d'apercevoir ce qui subsistait du cadavre. Les hommes en furie l'avaient laissé derrière eux au milieu de la rue, semblait-il, ou bien près du pont, exposé, offert et jeté, en manière d'exemple pour ses congénères. Il fume encore, avait crié quelqu'un.

La mince couche de gras qu'il devait avoir sous la peau avait grésillé là-bas dans une puanteur de cochon brûlé, ne peut s'empêcher d'imaginer Kate, assise sur le vieux coussin insolé du buggy. La combustion l'avait certainement contraint à une posture étrange. Elle frémit, tourne la tête. Il faut arrêter d'y penser. Car toute douleur la ramène à sa propre douleur. La ramène aussitôt. Comme une adolescente indisciplinée qu'on rendrait à son père en lui tordant le bras, une fugueuse aux autorités du comté.

Qu'avait donc voulu dire la grosse veuve Hogan ? De qui parlait-elle en réalité ? Et combien sont-ils, là-bas, à penser une telle chose sans oser le lui dire ? Elle secoue la tête et presse le cheval. Mais en sus de l'odeur qui en raconte le calvaire, le prénom de cet homme l'accompagne toute la route du retour.

Elle ne l'a jamais vu, croit-elle savoir. Ce Jordan. Ils sont si nombreux à la croiser sans qu'elle les remarque, hommes, femmes ou enfants de couleur. En vérité, hormis ceux qui travaillent pour sa famille et de rares figures dans la ville, la grande majorité des Noirs n'a ni nom, ni visage, ni histoire d'aucune sorte qu'obscure. Les Noirs, c'est-à-dire les *hommes* noirs, forment quant à eux une masse à l'écart de laquelle il est plus sage de se tenir. Chaque femme blanche en est informée dès l'enfance.

Mais celui-ci. Ce Jordan. Quel crime avait-il commis, exactement, pour mériter pareil châtiment ? Elle se demande ce qu'elle penserait si Yates ou Hilliott avait été accusé à sa place. Si au lieu de n'être qu'une ombre, le suspect faisait partie de ses familiers. Les nouvelles lois en faveur des Noirs n'ont pour ainsi dire rien changé à leur situation d'avant la guerre. Ils ne sont plus esclaves mais le sont toujours. Arthur l'enverrait se faire pendre sans état d'âme, mais elle ? Essaierait-elle de lui venir en aide, de démêler le vrai du faux ? Peut-être. Oui. Elle croit que oui.

Sur le côté de la route, aux marches de cabanons précaires, quelques silhouettes se tiennent immobiles dans leurs pantalons de poussière, des Noirs dont elle fuit maintenant les regards. Tous la détestent énormément, et sans doute pour de bonnes raisons. Elle voudrait que le cheval accélère, mais Jerry, qu'Hilliott a attelé tout à l'heure, ne sera jamais que Jerry. Un cœur indifférent.

Elle conduit presque toujours seule ce buggy antique, évitant les charrettes chargées de balles de marchandises qui surgissent à chaque coin de rue, déjouant les ornières, les gosses imprévisibles et les animaux. Il arrive qu'elle envoie en ville Hilliott ou Rena, mais la plupart du temps elle se charge elle-même de la totalité des courses. Aujourd'hui, elle rapporte les bottines remises d'aplomb par le vieux cordonnier aux mains déformées, les savons et l'encre, les bougies, trois teintes de laine à repriser, l'huile de castor et les pilules pour le foie d'Arthur. Tout y est.

Elle avait imaginé dénicher en plus une babiole pour Helen, sans trop savoir laquelle. Un cadeau de rien, qui lui aurait fait plaisir. Elle est seule aujourd'hui à croire utile de consacrer ne serait-ce qu'un nickel à satisfaire une enfant pareille. De toute façon, elle n'a pas eu loisir de flâner dans le centre-ville à cause de la mort de cet homme. Pour Helen, elle revient les mains vides.

Lorsqu'elle en aura terminé tout à l'heure avec les confitures et le ramassage des haricots dans le potager, elle pourra commencer à couper et à coudre un vêtement de poupée. La figurine de chiffon avec ses cheveux jaunes est à ce jour le seul de ses jouets à avoir résisté. Helen casse les objets qu'on croyait incassables, elle lance et perd, dissimule, déchire. Elle met le feu à sa robe, elle griffe et salit, elle désespère le monde. Mais Helen est sa fille.

Autour de la voiture, l'odeur de chair calcinée s'est enfin dissipée. Malgré les mouches et la chaleur qui tarde à retomber, l'air est plus respirable. La propriété n'est plus très loin et Jerry, impatient de retrouver sa stalle, accélère la cadence. Le parfum sucré des roses et des chèvrefeuilles fond sur eux en longues bouffées.

Elle a confié sa fille aux domestiques et elle espère que tout s'est bien passé. Il arrive que hors de sa vue, par exemple, Helen soit hissée sur le dos d'un cheval. Hilliott ne le lui a pas avoué, mais elle l'a lu dans ses yeux et dans ceux d'Eliza. Elle l'a reniflé sur les vêtements et la peau de l'enfant. Elle sait aussi qu'ils franchissent parfois les limites du jardin et s'en vont visiter ces deux petites filles allemandes qui, comme eux, vivent à la lisière nord de la ville. Elles ont exactement l'âge d'Helen. L'une habite une maison de l'autre côté de la route, où l'autre la rejoint souvent. Lorsqu'elles repèrent sur le chemin l'enfant aveugle et sourde escortée de ses chaperons, elles n'ont pas peur. À la différence des adultes, ces filles ne se détournent pas, elles l'attendent. Helen va venir agripper leur visage, leur tablier et leurs mains, tirer sur leurs cheveux. Elles l'esquiveront avant de revenir se poster devant elle, pouffant d'un rire acide et bref, se jetant des regards complices. Il a dû arriver qu'un coup soit échangé, mais la curiosité l'emporte. Pendant ce temps, Eliza et Hilliott savourent leur moment de répit.

Kate ne sait pas comment elle le sait. Elle n'a jamais aperçu les petites ensemble, ne fréquente ni les Heinke ni les Goike. Elle le sait simplement, elle les imagine et se sent mal à l'aise. Si elle se rend en ville ou s'isole dans sa chambre pour écrire son courrier ou pour lire, la séparation d'avec Helen est toujours délicate.

Mais la voilà maintenant dans l'odeur des roses.

9.

Les fleurs. Les roses, en particulier. Elles ont pris une telle importance.

Ça avait commencé quelques années plus tôt, à l'été 1880, lorsque Arthur avait voulu honorer la venue au monde de sa fille. Malgré tout ce qu'il pouvait dire, Kate savait qu'il ne s'agissait pas tant de fêter la constitution de leur jeune famille que de faire pardonner son manque de délicatesse au moment de déclarer la naissance d'Helen auprès des autorités de la ville. Ils en avaient parlé juste avant, pourtant, et Kate, déterminée, avait cru pouvoir imposer son point de vue. Elle ne voulait pas du prénom de la tante adorée d'Arthur, Mildred Keller. Sa fille serait dans son camp. En hommage à sa grand-mère, Lucy Helen Everett Adams, et son arrière-grand-père Everett, que Kate avait aimé, son premier enfant serait nommé Helen Everett Adams Keller.

Mais Arthur avait feint d'avoir été distrait par les bavardages du préposé, et *Everett* était passé aux oubliettes, avait-il avoué en rentrant. La nouvelle citoyenne de

Tuscumbia s'appelait Helen Adams Keller, et sa mère n'y pouvait rien redire.

Revenant de la poste en cette fin du mois de juillet 1880, Arthur avait apporté un colis qui, fanfaronnait-il, avait traversé les mers pour venir jusqu'à eux. Simpson, alors âgé de six ans, s'était avancé, intrigué. Lorsque son père avait déballé le paquet, la paille de seigle puis la mousse s'étaient lentement dépliées sous la toile de jute, laissant apparaître ce qu'au premier regard Kate avait pris pour la main de bois d'une madone : les racines d'un Pâquerette, le premier rosier polyantha créé par la roseraie lyonnaise Guillot, en France.

Si les fils du capitaine avaient eu l'air déçus, Evaline, qui n'y connaissait pourtant pas grand-chose, avait hoché la tête d'un air approbateur. La femme du maire disposait elle aussi toutes sortes de fleurs autour du porche de leur maison sur Main Street. Un grand rosier rouge sang venu d'Europe, croyait-elle savoir, faisait sa fierté.

Après leur départ à tous, les jeunes parents, restés seuls dans le bungalow, s'étaient embrassés sur le coin de la bouche. Le ventre de Kate, distendu, d'un volume et d'un contact effrayants lorsqu'elle l'avait tâté quelques heures après l'accouchement, avait frémi en rencontrant celui d'Arthur. Elle s'était demandé ce que ce frisson signifiait, d'amour ou bien de dégoût. La grande haleine de tabac, le regard, sucré dès lors qu'il s'attardait sur elle, les larges mains assaillies de taches brunes lui plaisaient toujours, et même davantage qu'à leur rencontre à Memphis. Mais pour le reste, elle ne savait pas. Le reste d'Arthur.

Elle préférait ne se souvenir de rien, des odeurs, des bruits de respiration, des sueurs, des spasmes et des écoulements auxquels rien ni personne ne l'avait préparée. Serrée entre les bras du capitaine à cette minute précise, encore baignée de l'odeur jaune et épicée de la paille qui avait protégé le rosier dans sa course à travers l'Atlantique, elle fermait les yeux et, sous le noir mouvant de ses paupières, suppliait images et sons, sensations, de se tenir tranquilles. Loin d'elle. Comment imaginer que son corps tuméfié accueille à nouveau, ne serait-ce qu'une seule fois, cet embarras, cette… turgescence masculine ? Arthur ne pouvait imaginer ce qu'elle ressentait chaque fois qu'il s'approchait d'elle. À vrai dire, il ne semblait pas s'en soucier.

Personne ici n'avait la moindre idée de ce que concevoir, porter puis mettre au monde un être vivant recouvrait, pas même sa belle-sœur qui, malgré son âge, n'avait probablement jamais connu d'homme. Personne ici n'avait vécu ce qu'elle avait vécu, hormis les domestiques qui, toutes sauf Rena, comptaient plusieurs enfants, parfois un nombre indistinct de maris ou de concubins, mais avec lesquelles, bien sûr, il était impossible de parler. D'ailleurs, elle n'était pas certaine qu'il existât au monde une seule personne avec laquelle elle aurait accepté d'aborder le sujet.

Dans le cottage, Arthur avait relâché son étreinte avant de la gratifier d'une petite tape sur les fesses. Il semblait ravi de son cadeau et fier d'avoir donné naissance à cette enfant-là, qui dans le berceau voisin grognait doucement. Kate aussi était fière. Elle aimait et embrassait sans se lasser les mains minuscules aux ongles pelucheux, la bouche et les yeux pâles, les chevilles, la tiédeur humide du cou. Après la toilette, elle caressait du regard le ventre bombé d'où pointait l'ombilic bientôt desséché. Posée sur le linge blanc avant d'être habillée, rosie de froid, Helen était si jolie. En la langeant prestement un matin elle s'était fait la réflexion que ce corps était le premier à s'être offert nu devant elle.

Le lendemain du rosier Pâquerette, Lucy et ses fils s'étaient mis en route pour Tuscumbia. Kate allait enfin présenter sa première petite-fille à sa mère, et leur nièce à ses frères. Marshall, qui sait, pourrait s'entendre avec James dont il avait presque l'âge. Elle avait hâte de progresser en couture pour compléter son trousseau. À ce moment-là, au tout début, elle avait hâte de tout. Plusieurs enfants naîtraient d'elle, elle en était sûre, quatre comme sa mère ou même dix comme cette belle-mère qu'elle n'avait pas connue. Des enfants. Beaucoup d'enfants. Un monde pionnier, qu'avec l'aide du capitaine – discrète, furtive – elle créerait dans l'Alabama.

Elle avait examiné les racines du rosier et les avait immergées dans un seau pendant un jour ou deux avant d'enfoncer dans la terre le pied rabougri à proximité du cottage. Son savoir en la matière était alors modeste, mais elle était déjà avertie qu'en juillet il fait beaucoup trop chaud pour les plantations. La saison était passée ou n'était pas encore venue. Néanmoins, le rosier avait fini cahin-caha par reprendre, à force d'arrosages, tandis qu'avec délectation Kate parcourait les quarante pages du catalogue joint au colis depuis la France. L'attention de son mari l'avait certes touchée, mais elle aurait préféré une variété plus flamboyante pour glorifier sa fille. Ils en exposaient de si belles dans le catalogue Guillot. *Lyon-Monplaisir*, lisait-on sur la couverture. Ces mots dont elle ignorait la signification exacte coulaient en elle comme un sirop. Contre son sein Helen se pelotonnait, le menton levé. Elle semblait voir en sa mère une créature accomplie. Leurs yeux étaient du même bleu, un bleu d'été, légèrement plus dense que ceux du capitaine.

Délaissé après leur transfert hâtif vers la grande maison un an et demi plus tard au moment de la fièvre, le pied de Pâquerette avait fini par mourir, ou bien par disparaître purement et simplement du massif, comme s'il n'avait jamais existé. Lorsque à l'été 1882 Kate était retournée devant l'emplacement où elle l'avait planté, son cœur s'était serré en découvrant l'endroit vacant, la terre à présent nue, hurlant sa soif.

Depuis, elle passe ses commandes elle-même, et pratiquement chacun des plants qu'on lui a livrés a prospéré, souvent au-delà de ses espérances.

Après la maladie d'Helen, les fleurs, les livres et l'observation des oiseaux sur les rives du fleuve ont été seuls à parvenir, fût-ce par brèves étreintes, à la distraire de son chagrin. Elle n'a pas réussi à se faire de véritables amies dans sa vie nouvelle. Elle ne sera jamais qu'une *Memphis Belle*, ici. Une étrangère indolente et gauche, venue qui plus est prendre la suite d'une morte. Et surtout, une mère infiniment fautive.

Le portrait de Sallie trône dans la chambre de James et Simpson. Lorsque Kate se glisse dans la pièce pour y jeter un œil en cachette, c'est l'évidence : elle n'a rien en commun avec la première femme d'Arthur. Que cherchait-il, en elle, le matin où il l'a demandée en mariage ? Une mère pour ses jeunes fils ? Elle ne l'a pas été. Pas une seule minute. Ils la détestaient déjà à son arrivée. Et de son côté, à quoi rêvait-elle en 1878 ? Les raisons qui l'ont poussée à suivre cet homme jusqu'ici ont fini par lui échapper.

Les roses, donc, la consolent. Un peu. Depuis son mariage, d'abord à Ivy Green et enfin ici, chez eux, dans la nouvelle maison qu'ils viennent de se faire construire à quelques centaines de mètres, au nord de la ville, pour laisser place à Leila et son mari dans la propriété familiale, elle a planté une quarantaine de pieds en moins de sept ans. Elle sait assembler teintes et parfums, marier les thé et les grimpants. Elle sait où et à quelle époque installer les cultivars selon l'exposition et la nature du sol, sait creuser si Yates l'aide un peu, disposer les fumures, drainer, arroser, tuteurer, tailler, palisser. Les habitants du comté ont eu vent de sa collection et viennent visiter son jardin. Ses fournisseurs proposent chaque année des variétés nouvelles, pour la plupart françaises et encore inconnues des amateurs locaux. Elle prononce le nom de ses rosiers avec l'accent distingué adéquat, Papa Gontier d'un rose soutenu, Étoile de Lyon chiffonnés, Perle des jardins d'un jaune paille, fragiles Maréchal Niel, délicieux Lamarque, La France et Souvenir de Gabrielle Drevet. Elle les présente à Helen à mesure qu'ils fleurissent, comme s'ils étaient frères et sœur dans un même univers silencieux.

Alors que la maison apparaît enfin devant le buggy de retour des courses, Kate tend le cou et les silhouettes se détachent de la masse odorante des rosiers Cherokee qui bordent l'allée. Ils sont là, entiers tous les trois, Eliza, Hilliott, et Helen, qui se dresse dans un léger bourdonnement de poussière. Comme chaque fois, elle a senti l'arrivée de la voiture au pas saccadé de Jerry. Kate la voit repousser Eliza avec brusquerie et s'avancer vers elle, pieds nus, grognant, piétinant le parterre d'azalées. Tandis qu'Hilliott décharge les achats, elle bute contre la haie basse de buis avant de l'enjamber. Elle court. Elle frotte les doigts contre sa joue. Ce geste, mimant la caresse familière, nomme sa mère entre toutes. Kate est donc sur le point d'apparaître, ici même, à côté de la voiture, prête à la flatter d'un fruit, d'un bonbon, d'un petit cadeau. Eliza observe de loin la scène des retrouvailles, mille fois jouée, et replace avec humeur son fichu sur son crâne.

Les mains d'Helen sont tigrées de sang, ses lèvres d'un pigment brunâtre, ses joues gonflées d'un lent mouvement vibratoire. Elle a encore arraché et mâché des fleurs, dont les étamines constellent son tablier. De minuscules pétales tors et noirs strient le tissu sur l'une de ses épaules. Si on se fie à la couleur, il doit s'agir de la variété de centifolia anglaise plantée à l'entrée du verger.

Helen connaît les roses presque aussi bien que sa mère. Elle use de ses narines et des serres d'oiseau que sont ses doigts affamés pour les connaître et les reconnaître sans jamais se tromper. Si Kate en glisse une sous son nez, elle se précipite vers le pied correspondant, même s'il est à l'autre bout du jardin. Elle en possède en profondeur le répertoire, en tout cas mieux que tout autre ici, odeur, texture, forme et poids, férocité des épines. Elle sait tout. D'une manière étrange, mais tout. Kate en est convaincue. Entre elles, les fleurs et les mains sont des liens solides.

Comme la petite se rue sur elle, ardente, explosive, elle attrape ses poignets. Une odeur de chien, de lait aigre et de buis bondit autour d'elles, mêlée au monologue infini qui reprend, de mimiques et de halètements. Ça parle d'Eliza, comprend Kate, d'envie de faire pipi, de chaussures et d'Hilliott, de son père qui lui manque peut-être, de sucre et d'autres nourritures dont, malgré l'entraînement de Kate, le détail est souvent impossible à suivre.

Dans l'espoir jamais assouvi de combler ses désirs par sa seule présence, elle presse l'enfant contre sa poitrine pour lui intimer de se taire, au risque de salir sa robe. Les relents d'urine sont si puissants qu'elle doit bloquer sa respiration. Après un long grommellement, Helen s'écarte et reprend son discours, mimant la découpe et le tartinage pour signifier son impérieux désir de pain beurré, la manivelle et le frisson pour l'urgence de la crème glacée. Et pour finir, la voilà qui frotte à nouveau sa joue : Mère.

La solution à tout.

Kate sourit pour elle seule, tournant la tête hors de la vue d'Eliza. Hilliott, les courses et le buggy ont disparu, elle soupire dans les cheveux de sa fille, il est temps de donner ses instructions. En chemin vers la cuisine, Helen promène sur sa figure les pinces agiles de ses doigts.

Elle ne devrait peut-être pas la porter ainsi, toujours dans ses bras comme si elle était encore un bébé. On le lui dit souvent. Helen aura cinq ans dans un mois. Quelques années plus tôt, lorsqu'il était devenu évident que ses perceptions étaient horriblement atrophiées, chacun, alentour, y était allé de ses suggestions. Il fallait faire ci et ça. Ne surtout pas faire ci et ça.

Kate avait-elle tenté cette nouvelle médecine qui avait si bien réussi au petit McConnell ?

Mon Dieu, qu'elle se garde bien d'imiter la nurse des McConnell, prévenait l'autre le lendemain. La potion à laquelle elle avait eu recours avait aggravé le mal. Qu'elle demande plutôt conseil à cette Karen Tippil qui revenait de Philadelphie.

Avait-elle ? N'avait-elle pas ? Pourquoi faisait-elle toujours tout de travers ?

Car quoi qu'elle ait tenté, bien sûr, rien n'avait marché. Sa fille n'y voyait, n'y entendait plus rien. Ses réactions à l'exposition au soleil ou au feu de la lampe, comme celles aux aboiements des chiens, aux vociférations de ses frères, aux cloches ou aux poulets, avaient complètement disparu.

Comme si jour après jour la nuit était tombée à l'intérieur d'elle.

Pendant quelque temps, le frêle espoir que sa surdité ne soit que partielle avait subsisté. Lors d'un orage d'été, elle avait sursauté puis s'était mise à couiner lorsque, de la toiture aux fondations, la déflagration du tonnerre avait embrasé la maison. Plusieurs personnes avaient été ce soir-là les témoins médusés de son affolement.

Mais les vibrations, les souffles, avaient-ils fini par comprendre, voilà tout ce qu'Helen entendait.

Aveugle et sourde. Les pas de Kate contournant la maison brûlante avec sa fille dans les bras résonnent de ces mots impossibles à entendre et à dire.

Muette. Aveugle. Sourde. Elle ne s'habitue pas. Ne s'en remet pas. Ne se résout pas.

10.
SEPTEMBRE 1885

Il existe trois sortes de fièvres. La fièvre muette, les grands frissons, la fièvre congestive.

Il existe huit sortes de fièvres. Celle d'hiver et celle des pluies, la grande, la petite, la jaune, celle qui n'en vise qu'un seul et celle qui ravage des familles ou des hameaux entiers, celle qui transforme les visages en charbon et les corps des humains en bêtes.

Mais pour finir, il n'existe bien que trois sortes de fièvres. Celle qui cède, celle qui emporte à jamais. Et la plus sournoise, la fièvre qui brise.

Sans le vouloir, Kate en revient toujours à la sienne. Leur fièvre. Celle dont elle avait cru triompher en février 1882 et qui l'avait humiliée. Elle y pense à toute heure depuis ce temps-là et sa pensée déborde. La nuit, la colère gonfle dans sa bouche à la manière d'une langue assoiffée. Le jour, elle sait qu'elle est injuste de reporter sa hargne contre le capitaine, ses fils ou sa sœur. Elle le sait mais elle n'y peut rien. Elle se découvre mauvaise.

Et puisque la lecture des livres fétiches ne suffit pas à étancher ses mouvements d'humeur, elle jette dès l'aube et plus que jamais son corps à l'ouvrage. La maison abrite une tornade que Jessy, trottant dans son sillage, a bien du mal à apaiser.

Quand Kate monte les marches et pénètre dans la cuisine, sa fille fichée sur la hanche, Virginia chasse aussitôt qui se trouvait là d'un mouvement de menton. La place est libre. À la chaleur du four, les deux femmes transpirent et s'arrangent sans un mot. Et lorsque tout est prêt, le gâteau, le pain, le civet, le beurre, le bouillon, Kate est engourdie de labeur. La journée est presque passée.

Mais de sa fièvre elle ne sort pas.

Elle croit la voir vingt fois se faufiler entre les arbres, s'engouffrer dans le conduit de la cheminée. Une cape couleur de cendres s'échappe à l'instant où elle tourne la tête, une ombre passe devant la fenêtre, une bouffée de chuchotements affleure des taillis. La puissance indéfinissable qui a emporté les voix, les livres, les roses et la belle lumière loin d'Helen n'a pas cessé de tourner autour de la maison. Comme si, à force d'insomnies et de sanglots ravalés, Kate en avait façonné une créature de chair.

D'où lui viennent ces idées, ces images, elle ne sait pas, se demande quelle est la faute et à qui elle revient, la nurse inexpérimentée, sa propre indolence, les fenêtres mal isolées, les soins inappropriés ou administrés trop assidûment : elle se souvient qu'au plus fort de la maladie, au lieu d'une simple friction de quinine préconisée par le docteur Cooper, Helen en avait reçu trois à la suite, parce que ni ses parents ni Evaline ne s'étaient concertés.

Pense à autre chose, lui répète Arthur. Autre chose. Mais quoi ? Mais qui ? Elle ne se confie à personne. Sa vie est perdue. Elle a moins de trente ans, Arthur va en avoir cinquante. Cette nouvelle maison, comme la précédente, est trop grande à tenir malgré les domestiques qui les y ont suivis, elle est emplie de gens qu'elle n'a pas invités. Ces deux garçons moroses et sa vieille belle-sœur sont toujours dans ses jambes sans savoir la distraire.

Car sur son dos se tient la petite fille folle que le monde voudrait savoir morte.

La première année, les gens lui posaient la question quand ils la croisaient, en ville ou chez elle.

Il est pourtant impossible, même aujourd'hui, de déterminer ce qui leur est arrivé. Elle ne comprendra pas. Personne ne comprendra. Jamais. Hormis cette fièvre intense, il n'y a pas de nom à poser.

Tuberculose.

Typhoïde.

Pneumonie.

Congestion.

Fièvre jaune.

Scarlatine.

Mauvais sort.

Rien.

Elle n'a rien, n'attend rien, car le mot n'a plus d'importance. Ce qu'elle doit désirer est ce que la maladie a bien voulu lui laisser : une créature dont les piétinements sauvages résonnent à l'instant même au-dessus de sa tête. Helen est à l'étage et une servante cavale derrière elle. Kate reconnaît les pas, les brusques écarts auxquels Eliza se contraint pour éviter de renverser les meubles.

Un jour, pourtant, la beauté du visage d'Helen lui sera rendue. Son œil vilain reprendra sa taille et sa place, ses doigts pinceront de nouveau les épingles tombées entre les lattes du plancher. De retour de l'école, sa fille s'élancera en criant vers elle. Elles se raconteront des histoires et riront du passé.

Il faut qu'elle avance. Un jour, une opération, un espoir. Ça lui reste, fiché dans la gorge.

Un jour, se dit-elle. Un jour.

Elle voit bien que non, pourtant. Qu'elle vit dans le déni. Elle n'a rien. Elle est aussi aveugle, aussi muette que sa fille et pourtant elle se le dit, le redit en silence.

Un jour.

II.
JUILLET 1886

Si elle n'est pas dans le jardin ou à l'écurie à batifoler avec l'un ou l'autre des enfants des domestiques, Helen passe une bonne partie de son temps dans la cuisine. On l'y occupe en lui fourrant dans les bras un saladier de pâte à pain, la baratte, la sorbetière ou le moulin à café. Mais où qu'on regarde, elle occupe le terrain. Elle était accroupie près du foyer il y a une seconde, la voilà debout contre la porte, le tablier ruisselant du reste de soupe qui surissait tranquillement dans un coin. Elle casse un verre et il faut bondir avant que les éclats n'en soient dispersés à travers la pièce. Elle touche et goûte à tout, elle bouscule, elle renverse, elle mord.

Très jeune, à force de palper sans répit les corps et les objets, Helen a pu se forger une sorte de paysage du monde qui l'entoure, dès lors qu'il l'entoure de très près et se laisse manipuler sans trop renâcler. C'est le terme qui est venu à l'esprit de Kate. Un paysage. À la fois abstrait, parcellaire, et terriblement incarné. De mois en mois, ce panorama semble se préciser. Les progrès sont minimes, mais ils sont réels. Arthur lui-même les a relevés. Leur fille reconnaît les gens, les animaux, les objets de la maison à la seconde où ses doigts entrent en contact avec eux. Pendant ses périodes de calme, elle est capable au seul toucher de savoir à qui appartient le linge de chacun des membres de la famille, ses frères, ses parents ou sa tante, et, avec il est vrai plus ou moins de soin et de réussite, de le trier, de le plier. Elle sait si un gâteau est bon avant d'y risquer les dents et, par exemple, jamais n'a voulu accepter les biscuits brûlés que Rena tente régulièrement d'écouler auprès d'elle.

Elle anticipe l'arrivée de sa mère ou détermine la direction dans laquelle elle s'éloigne. Si son père lit le journal, si son frère aîné nettoie son fusil, elle a compris qu'il est plus sage de ne pas venir les solliciter.

D'abord initiée par Kate puis de son propre chef, elle a mis au point une série de signes pour désigner ce qu'elle veut. En clair, de la nourriture, des bêtes et des gens. Ces signes sont les éléments d'un dialecte qu'elle est seule à parler. Ils sortent et n'entrent pas. Pour lui répondre, il faut obéir sans tarder, surtout si l'on veut éviter les coups de bottine, les ongles et les dents. Il n'existe avec elle ni demi-mesure ni espoir de négociation.

Ce paysage est celui d'une contrée dont la langue est plus hermétique que le sanskrit ou le japonais. Car ce n'est pas d'une langue qu'il s'agit, bien sûr, c'est d'un corps, un corps combattant.

Depuis quelques semaines, la bouche est un lieu de mystère et l'objet de sa curiosité insatiable. Rien n'intrigue ni n'agace autant Helen que des lèvres en mouvement.

Quand Kate s'active à la cuisine, les paroles échangées avec les servantes sont plutôt rares. À peine, ici ou là, fusent une directive, un conseil, une question. Mais il suffit qu'une discussion soit lancée pour qu'aussitôt Helen saute sur ses pieds. Ses mains parcourent symétriquement les gorges – boutonnières béantes et coton fatigué du corsage de l'une, ruche et baleines ajustées de l'autre – puis examinent les cous, les mentons, avant de fourrager entre les dents et de pincer les lèvres.

Ses doigts sont sales, toujours, même après ce qu'on peut lui imposer chaque matin de toilette. Ils ont le goût brun et amer qu'aurait une nuée de mouches si on venait à l'avaler. Mais tant que dure la conversation, elle les promène sur les figures, venant et revenant inlassablement à la bouche. Le soupçon selon lequel cet orifice ne se contente pas de livrer passage à l'air, à la nourriture ou à la boisson se confirme pour elle, même si nul ne sait quelle valeur elle peut attribuer à cette agitation effrénée, au souffle qui s'en dégage. Quelle signification elle donne aux innombrables phénomènes rencontrés à toute heure du jour à travers l'odorat, le toucher ou les vibrations du squelette.

Au bout d'un moment, Kate finit par poser sa main avec douceur et fermeté sur son poignet pour l'écarter, tandis que Virginia, généralement, se laisse faire. James et Simpson sont à peu près les seuls à avoir le courage, ou le manque de cœur, de la repousser dès qu'elle s'approche d'eux.

Helen n'aspire qu'à trouver sa place, comme n'importe quel autre enfant de son âge, leur lance Kate avec humeur. La maladie lui a fait perdre l'usage de deux de ses sens, et non les moindres, mais elle est loin d'avoir anéanti son cerveau. Elle voudrait comprendre, simplement, quand la conjugaison de ses infirmités ne l'autorise qu'à prendre.

Jessy vient d'entrer dans la cuisine et Kate, les mains poisseuses du jus des dernières pêches qu'elle coupe en rondelles avant de les mettre à sécher, la regarde discuter des vivres à emporter vers la maison d'été. Virginia souhaite modifier les quantités de lard et de poisson fumé, compléter les conserves de fruits. Hilliott va bientôt pouvoir commencer à charger le chariot.

Elle souffle. Il fait si chaud que de minces rigoles de sueur viennent agacer son dos sous le coton lustré. Elle a bien fait d'enfiler ce matin ce corsage plus souple, un peu décolleté. Avec ses seins tendus et cette perpétuelle sensation de lourdeur, elle se sent engoncée dans ses cols debout. Elle aspire à la relative fraîcheur de leur cottage de montagne, sinon à son isolement. Elle s'y voit. Chasseurs et pêcheurs, amis d'Arthur, vont s'y succéder au long du séjour comme les autres années. Dédaignant leurs conversations fanfaronnes et l'odeur des fusils, elle s'installera à l'écart sur le rocking-chair et admirera la vue. Elle lira. Elle emmènera sa fille à la source où elles tremperont leurs pieds ou leur jupe tout entière. Elle posera les mains sur son ventre gonflé et priera pour que la créature qui en jaillira cet automne soit un petit garçon.

Dans la demi-obscurité de la cuisine, Helen s'est levée

pour venir renifler les paroles échangées entre les domestiques. Ses cheveux emmêlés lui avalent la figure. Au matin, mère et fille ont failli se battre au moment d'y mettre un peu d'ordre. À la voir, il n'est pas difficile de dire laquelle a eu le dessus sur l'autre.

Et tout à coup, pour une raison indéterminée, Virginia éclate de rire.

Le rire de Virginia.

Viney, Viney, murmure Jessy en lançant de petits coups d'œil embarrassés en direction de Kate.

Mais Kate ne dit rien, ébauche un sourire distrait, s'écarte de la fenêtre et appuie sa tête contre le mur derrière elle pour les observer. Tapageur, le rire de la cuisinière fascine Helen depuis toujours. Dès qu'elle l'a repéré, elle s'empresse de vérifier si le flux se répand comme prévu autour d'elle. Quand les lèvres laissent paraître les dents, quand les commissures remontent et la tête se renverse en arrière pour souffler par saccades, le phénomène se propage à coup sûr alentour. Elle l'a parfaitement compris. L'un commence, généralement Virginia ou Simpson, ou Arthur, les autres suivent. Du bout de ses doigts, Helen saute alors de bouche en bouche pour voir le rire se promener. Elle a même appris à le mimer, dans l'espoir de le provoquer à son tour. C'est Evaline qui, la première, a remarqué ses manœuvres. Mais les rictus d'Helen sont si pathétiques et son manège si intrusif que le stratagème ne fonctionne que rarement. Elle entre alors dans des colères immenses, comme elle entrerait dans un sac d'où il lui serait ensuite impossible de ressortir seule. Kate doit toujours l'y aider.

Jewel s'encadre dans l'embrasure, accompagnée de Rena. Helen bondit, abandonnant ses investigations. Le visage de la fille de la cuisinière offre à ses mains un jouet toujours plus docile.

Bénies soient Jewel et son infinie patience, se dit Kate.

La pièce est bien trop exiguë pour y tenir à six avec cette chaleur, dans l'odeur entêtante des pêches. Elle avale quelques gorgées d'eau puis sort du cabanon, dans la grande lumière. Elle soulève légèrement sa jupe, pour faire circuler l'air. Elle souffle sur ses poignets et sur son décolleté. Helen jaillit derrière elle, la bouscule, suivie par Jewel dans son éternelle robe à carreaux. Bientôt, elles disparaissent en direction de la grange et le calme revient.

Kate respire, s'assied sur le petit banc placé contre la façade, à l'ombre, au pied des marches de la cuisine. Rena, Virginia et Jessy débattent paisiblement de l'autre côté de la cloison de bois, elle n'écoute pas, elle est ailleurs, dans la chaleur, dans la fatigue. Elle en a trop fait, elle en fait toujours trop. Elle n'a qu'à se laisser bercer un instant. Les intonations de Jessy sont légèrement différentes de celles des deux autres servantes. Sa façon de marquer un silence au milieu des phrases et son rire bref ramènent Kate en arrière. Cora refait surface.

Dans quelques jours, elle sera à Fern Quarry. Se reposer avec une enfant comme la sienne est un rêve impossible, mais à force de bon air elle tâchera malgré tout de reprendre des forces. Hors de sa vue, sa fille envahit comme souvent l'espace de ses pensées. Ses mains collent et elle suçote ses doigts. L'acidité des fruits aiguillonne une coupure qu'elle s'est faite à l'index.

Et puis la voix de Rena, son cri, le claquement de sa langue, la stupéfaction. Les filles ont emporté quelque chose hors de la cuisine. Les ciseaux. Elle a dit *les filles*, par bonté, par habitude, par crainte probablement, mais Kate sait que c'est Helen qu'elle accuse et qu'elle a raison d'accuser. C'est toujours la jeune demoiselle Keller, à l'origine des ennuis.

Pourtant, personne n'a rien vu lorsqu'elles sont sorties. Les lames qui devaient bondir entre leurs mains ont échappé à toutes.

Elle ferme les yeux. Bientôt, la paix de Fern Quarry. Comme si l'éloignement pouvait suffire à la délivrer de sa charge. Elle repense aux mots qui lui sont venus à l'esprit à l'instant. *La jeune demoiselle.* C'est elle qu'on désignait ainsi, autrefois, en Arkansas, dans la plantation de son père. Helen n'a rien d'une jeune demoiselle et n'en sera jamais une. À quoi ressemblerait-elle si un jour elle avait vingt ans ? La perspective de son avenir est un tel effroi que Kate en rougit subitement.

Mais Virginia, alertée, vient de faire à son tour son apparition en haut des marches. Sa voix courroucée. Ses mains sur ses hanches. Les mouches qui marchent sur sa nuque. Kate devine tout sans le voir ni l'entendre encore.

Jewel, âgée de huit ans, est la plus jeune de ses filles. De Virginia elle tient les mains longues et fortes, les mâchoires étroites. C'est une enfant obéissante qui rend de nombreux services, dont le plus notable est de tenir Helen à l'écart de sa mère et des servantes quelques heures chaque jour. Malgré les deux bonnes années qui la séparent de sa jeune maîtresse, elle est l'éternelle compagne, le souffre-douleur désigné. Car depuis le début, Jewel se résigne. Elle est prête à tout endurer. Les palpations, les bousculades, les morsures. Elle a parfaitement compris dans quel sens s'exercent les autorités. Bien sûr, sa mère a dû lui intimer d'être aimable avec la jeune infirme, mais son frère aîné, par exemple, qui a certainement reçu les mêmes consignes, ne se gêne pas pour la rudoyer lorsqu'il croit qu'aucun des Keller ne le voit. Témoin discrète de leurs affrontements, Kate a pu noter à plusieurs reprises qu'Isaac peut malmener Helen devant sa mère sans que celle-ci réagisse. Les filles sont faites en ce monde pour subir des forces qui les dépassent. Aussi Jewel se plie-t-elle à sa destinée. Elle est le jouet préféré d'une demoiselle aveugle et sourde à qui tout est permis.

Malgré l'inquiétude des deux femmes sur le pas de la porte, Kate n'a pas bougé. Avec son gros ventre, avec la chaleur, elle évite les mouvements brusques et les émotions, comme le docteur Cooper le lui a recommandé. Percy, qui passait par là, est envoyé chercher l'endroit où les enfants ont bien pu se cacher après leur larcin. Le voilà d'ailleurs qui revient, secouant la tête d'un air énigmatique. Il tire d'une main Jewel derrière lui, comme si, pour une fois, c'était elle la coupable, et de l'autre il brandit la paire de ciseaux. Jewel pleurniche et se débat sans grande conviction. Virginia s'avance à pas lents, s'essuyant les mains sur son tablier.

Et soudain, ils sont autour de Kate. Virginia, Rena, Jessy, Percy, Jewel, et Penella, la sœur, surgie d'on ne sait où. Ces gens sont donc toujours tapis, invisibles, prêts à intervenir. Sur le côté de la grange, Yates relève la tête, intrigué. Il tient sa scie à la main. Comme les autres, il est au spectacle. Ils sont tous là. Tous, sauf Helen. Bien sûr, sauf Helen.

Kate se penche vers la tempe que Percy lui présente. Les couettes de Jewel, torsadées par sa mère chaque dimanche avant les offices, ont disparu sur tout un côté de sa tête. Une demi-douzaine de gouttelettes de sang perle sur le cuir chevelu mis à nu, suant, écorché par endroits. Des larmes strient ses joues poussiéreuses. Dans la main de sa mère, une masse noire et serrée, filandreuse, mêlée de rubans rouges, jaillit tel un bouquet.

Dans la chaleur qui enfle, Kate sent un froid aigu traverser sa poitrine. Le grondement outragé de Virginia est ponctué, çà et là, sautillants, des sanglots de chiot poussés par Jewel.

Elle est *Madame Keller*, dont ils espèrent qu'elle se prononce, se fâche enfin, se lève, et punisse pour une fois quelqu'un d'autre qu'eux-mêmes.

Virginia, Rena, Jessy, Percy, Penella. Et Jewel, la si placide Jewel qui cache à présent sa figure sous son bras. Ils ne sont pas coupables. Ils l'attendent, elle, la patronne et la mère, dans le silence rugissant de leurs souffles coupés. Alors qu'elle cherche encore quoi répondre, la troupe s'épaissit. Une à une et douloureusement familières, d'autres figures paraissent, qui viennent grossir l'essaim de colère. À la manière d'écailles successives, les visages s'empilent les uns sur les autres. Voici Yates qui ne sourit pas, puis Hilliott, Eliza et le docteur Cooper, chapeaux et fichus, faces blanches derrière les noires, aigles et corneilles. Ils la regardent et il en arrive des dizaines, armée de fantômes qui la guettent depuis les premières semaines, car elle a échoué, en actes autant qu'en esprit. Les voilà, empressés et muets, elle les sent resserrer le cercle autour d'elle, arrogants, pesant de tout leur poids avec leurs yeux froncés, leurs doigts accusateurs, leur mépris. Tous, ses propres frères, qu'ils soient vivants ou morts, leur père dont la longue barbe et les longs cheveux sont maintenant hérissés, lugubres, le pauvre Tom lui aussi sorti du caveau de Memphis pour venir la toiser. Tous, ses beaux-frères batailleurs et même sa mère, muette, pâle, désolée, James et Simpson et tante Evaline, maîtres ou serviteurs, hommes, femmes et enfants, maigres et ventrus, squelettes calcinés du Jordan de l'année précédente et de ces hommes d'avant et d'après lui dont elle n'a pas su ou voulu retenir les noms, tous, troupe en furie casquée de sacs percés de trous, tous, amassés autour d'elle, lui dérobant l'air et le jour, tous, qui sont venus et la détestent énormément.

Seul le visage du capitaine manque à la foule rageuse. Arthur ne fait pas partie des accusateurs, cela devrait la rassurer et pourtant ne la soulage qu'à demi, car il n'est pas non plus sur le banc avec elle, il n'est nulle part, Arthur, il manque, il est à la chasse, ou bien il pêche, il est à ses affaires qui perdent de l'argent, elle est sûrement injuste, mais Arthur est invisible au moment de la grande détresse de sa femme.

Ne sont là que les autres. Les autres qui.

Qui attendent. Qui espèrent. Qui crient sans qu'encore leurs voix ne s'élèvent.

Pourtant, ils devraient le savoir. Elle ne peut rien donner. En elle, le noir est fait. Ses yeux cherchent, par-delà la muraille d'épaules, par-delà les griffes et les dents, la silhouette penaude de sa fille qui viendrait demander pardon. De ce qu'elle a fait. De ce qu'elle est. De ce qu'elles ont fait et sont ensemble, la mère et la fille.

Mais bien sûr, Helen n'est pas là. Helen ne sollicitera jamais le moindre pardon.

Elle se lève. Projette son menton en avant et sans croiser leurs regards se détourne, entre dans la maison.

Qu'Eliza la trouve et me l'amène au salon.

Voilà ce que d'une voix stridente elle a lancé vers l'assemblée, enfin peut-être. Elle ne sait pas. Qu'Eliza la trouve. Et la lui rende. Elle ne peut rien leur donner car elle n'a plus rien.

Elle s'est enfuie et ils le savent. À la seconde où derrière elle la porte se referme, les grondements crépitent avec rage, comme si la lumière et le bruit, tout à coup, revenaient au monde.

12.

Ce soir-là, la mine d'Arthur est réjouie lorsqu'il rentre, sans doute la perspective de leur prochain départ vers la maison d'été suffit-elle un instant à lui faire oublier ses ennuis d'argent et la tournure critique que prennent ses affaires ces temps-ci.

Kate l'attire dans la chambre, ils s'enferment et ils parlent.

Longtemps.

Tous les deux.

Elle ne s'attarde pas sur l'affaire des ciseaux mais lui donne à lire la lettre reçue dans l'après-midi. Le picotement des larmes et de la colère envahit ses sinus. Elle s'assied devant lui sur le fauteuil encombré de vêtements.

Ces mots, si difficiles à rapporter parce qu'ils viennent confirmer l'horrible sentiment éprouvé tout à l'heure, sur le banc devant la cuisine, ont été écrits noir sur blanc par son frère. Pour une raison inconnue, Fred a choisi ce jour précis pour lui adresser trois pages à l'écriture serrée de conseils et de conclusions.

Le regard d'Arthur occupé à lire est sérieux, attentif. Il cligne des yeux de cette façon qui attendrit Kate sans qu'elle le lui ait jamais dit.

Sa propre fille vient de naître, voilà la raison de tout ça, avance le capitaine à la fin de la première page. Fred doit estimer qu'il est un parent bien plus accompli que nous autres, et je pense qu'il n'a pas fini de nous gratifier de ses opinions.

Il voudrait ouvrir la fenêtre à cause de la chaleur, mais Kate le retient. Des gens passent autour de la maison, qui pourraient les entendre, elle a besoin de ce moment partagé, si rare entre eux finalement. À leurs pieds, ramenée par Eliza voici une bonne heure et installée sur le tapis, Helen entortille son lacet dénoué autour des jambes de sa poupée.

Pour le ton de la lettre, Arthur a raison, comme souvent. L'arrivée de la petite Louise au mois de mai dernier a donné une autorité nouvelle à son frère et Nannie. Depuis la mort de leur père, l'aîné des enfants Adams occupe la place et le discours attachés par tradition au chef de famille. Du plus loin qu'elle se souvienne, Fred a d'ailleurs toujours été le plus assuré des quatre.

Le sujet *Helen*, la catastrophe *Helen*, sont depuis sa maladie au centre des préoccupations de la famille. Lentement, Lucy se relève de la mort de Tom, son fils cadet qu'une pneumonie lui a arraché il y a deux ans. Elle reporte maintenant son temps et son inquiétude sur les affaires de sa fille. Ses deux autres fils vivent encore à Memphis et ont pu conserver avec elle cette intimité entretenue par la proximité. Kate est si loin. Elle n'est et ne sera jamais que *là-bas*, dans l'Alabama, au bout du chemin de terre. Leurs paysages, leurs relations, leurs lectures et jusqu'à leur nourriture ne sont définitivement plus les mêmes.

Ni Fred ni Marshall ne seront jamais contraints d'aller s'établir dans un autre État. Ils sont hommes et ne suivront pas leur femme à des centaines de kilomètres d'Union Street, où vit encore leur mère et où ils ont grandi. Les liens serrés que la géographie leur a permis de maintenir avec Lucy sont pour Kate l'objet d'une jalousie lancinante.

Lors de la lecture de sa lettre, elle a découvert tout à l'heure son frère bien plus informé qu'elle ne l'imaginait. S'il commet à plusieurs reprises des erreurs de détail, l'intégralité de ce qu'elle a livré de sa tourmente à leur mère s'y trouve bel et bien résumée. Son malheur a été donné en pâture à Fred. Et sûrement à Nannie, sa femme, et à Marshall. Peut-être à d'autres. Sûrement à d'autres, disséminés ici et là dans le comté de Shelby. Dieu sait pourtant combien il a été difficile de formuler sa peine, ses aigreurs vis-à-vis d'Arthur ou des membres de sa belle-famille, la perpétuelle gêne financière et les blessures infligées par la maladie de sa fille.

Fred s'est donné le droit de répertorier chacun des malheureux incidents dont il a eu vent. Le jour où Helen a griffé et mordu jusqu'au sang sa grand-mère. Le jour des livres déchirés. Celui des lampes, celui où, devant des connaissances distinguées, *la pauvre sorcière*, ainsi qu'il l'appelle, a fait irruption dans le salon, gesticulant dans ses sous-vêtements de flanelle. Le soir où un domestique l'a retrouvée ivre après qu'elle s'était servie dans la réserve de liqueur. Le jour où elle a tenu sa mère enfermée dans le cellier pendant plus de trois heures, celui où, après s'être attaquée à sa tignasse et son tablier, elle a bien failli mettre le feu à la maison. Et tous les repas dont la quiétude est gâchée par sa conduite inacceptable.

Les jours où. Les nuits où.

Fred croit pouvoir tout éprouver des heures misérables que traversent son beau-frère et sa sœur. Et pourtant. S'il savait. Si Lucy et les autres savaient. Le reste, qui ne se dit pas. Le chagrin, qui ne se dit pas. La rancune et la honte. Le vide et la pitié, la folie qui rôde. Les hurlements qui se rassemblent à l'intérieur des ventres sans jamais en sortir, s'agglomérant jusqu'à former une masse gluante bien plus lourde que l'enfant à naître.

Fred annonce au bas de la deuxième page sa décision irrévocable d'interdire la venue de sa nièce à Memphis. Comme s'il était seul à penser que Lucy a déjà bien assez souffert avec les morts d'un mari et d'un fils. Comme si Kate ne souffrait pas elle aussi de ces morts.

Sa bouche s'ouvre et se ferme. À ses pieds, Helen s'est installée dans une position peu décente. Arthur lève les yeux de la lettre. Ils la contemplent, en silence. Les pauvres chaussures de leur fille. Sa jupe relevée. Ses cuisses exposées. Ses mains noires. Sa poupée écorchée. Son œil ressorti. Ses cheveux frottés de brindilles et de débris de nourriture. Ils sentent entre eux la grande tristesse du spectacle de cette enfant. Ils sont dedans. Dans la grande tristesse de l'amour.

Arthur s'approche et, gêné, tapote le ventre de Kate du bout de l'index. Je vais demander qu'on te fasse porter de l'eau fraîche et des fruits.

Il se rassied, ne demande rien, ne fait rien porter à sa femme. Les simples mots qu'il a prononcés sont un début de soulagement. Il semble maintenant prêt à la discussion. Ils s'écoutent. Ils se tiennent.

Helen rampe vers eux. Toute à l'exploration de la toile du gilet puis des mains de son père, avide des odeurs de cheval, de tabac, elle lance ses grognements habituels, dont certaines phrases, presque articulées, ne sont que les anciens vestiges du temps où, pareille aux enfants de son âge, elle s'apprêtait à parler.

Fred reconnaît leurs efforts. Les Keller se sont démenés par tous les moyens pour sauver leur fille. Ils ont écrit des dizaines de lettres et fait jouer leurs relations autant qu'il était possible. Il n'est guère un oculiste de l'Alabama ou du Tennessee qui ne l'ait reçue. S'ils se sont résolus à abandonner la perspective de l'école pour sourds et pour aveugles de Talladega, c'est qu'ils ont été forcés de conclure que là n'était pas la place d'un pareil spécimen, tant la conjonction de ses handicaps rend son éducation utopique. Là-bas, les élèves sont sourds *ou* aveugles, non les deux à la fois. Garder leur fille avec eux telle qu'elle se trouve aujourd'hui, alors que Kate va prochainement donner naissance à un nouvel enfant, c'est pure folie, écrit-il. Helen n'a que six ans, elle est sans doute encore maîtrisable, mais qu'en sera-t-il dans cinq ou dix étés ? La carrière de son beau-frère, dont les ambitions politiques se précisent, l'équilibre de leur famille et jusqu'à la sauvegarde du nom des Keller en dépendent. Car à Tuscumbia et au-delà, dans tout le comté de Colbert ou à Memphis, les langues vont bon train, n'en sont-ils pas avertis ?

En un mot – et c'est à fendre le cœur, assure-t-il –, ils ont joué toutes leurs cartes. Helen n'est pas seulement aveugle et sourde. Elle est violente et *mentalement atteinte.* Elle doit maintenant être conduite par son père à l'asile.

Bien sûr, ce n'est pas la première fois que Kate et Arthur entendent ce mot – *asile* –, pas la première fois qu'en eux-mêmes il est prononcé. Mais il prend ce soir une intensité nouvelle.

Dans son fauteuil, Arthur se cale et soupire. Il semble s'interroger. La grossesse de sa femme, imagine-t-il, la rend plus fragile qu'une malade. Il glisse un ongle entre ses dents. Au-dehors, le beuglement des vaches qui attendent la traite est comme un large cri humain.

Kate toussote, se redresse. Elle est prête à passer à la seconde partie de l'affaire. Tout à l'heure, dit-elle, elle a lu un passage dans ce livre, elle le désigne sur la table, *Voyage en Amérique*, de Charles Dickens. Le récit du séjour de l'écrivain anglais sur leurs terres.

Le capitaine est intrigué. Il lui semble vaguement qu'il était enfant lorsque, à sa parution, le ton critique du livre avait fait scandale.

Oui, reconnaît Kate. Il date des années 1840. Mais écoute-moi, attends.

Attends. Dickens relate ici une entrevue cruciale. Lors de sa visite dans le Massachusetts, il s'est rendu dans une institution de Boston, une institution pour aveugles, où il a rencontré des patients et leur médecin. Il expose longuement le cas d'une certaine Laura Bridgman. Il s'agit d'une jeune fille étrange d'une douzaine d'années, dont Dickens raconte qu'elle porte sur les yeux un masque étroit de tissu vert. Une jeune fille sourde. Une jeune fille aveugle, une jeune fille muette devant laquelle il s'est tenu, voici quarante-quatre ans. Mais une jeune fille coiffée, habillée, apprêtée de ses propres mains. Tu entends ? Le ton de Kate s'élève. Cousant ! Tricotant ! Communiquant avec les autres à travers les lettres de l'alphabet formées par ses doigts. Donnant, recevant. Écrivant des lettres. Réfléchissant. Tu vois ? Une jeune fille dont personne ne dit, personne ne pense, qu'elle est *mentalement atteinte* et doit finir sa vie à l'asile. Il y en a des pages et des pages, tout est là, jusqu'au nom du médecin, le Dr Howe, et au détail de la méthode qu'il a inventée.

Sa voix s'emballe et meurt, alors elle fixe Arthur, la bouche d'Arthur. Sur le tapis, Helen, attentive, s'immobilise à son tour au milieu des rosaces de couleurs.

Il n'y a pas que cette fille dans cette institution, poursuit Kate, cette Laura. Elle n'est pas un cas isolé, tu comprends, une erreur, un miracle. Il y en a d'autres. Attends.

Il y a aussi un garçon et elle sait son nom, il s'appelle Caswell, Oliver Caswell. Frappé par la scarlatine à l'âge de trois ans, il est devenu sourd en quatre semaines, puis aveugle, et enfin muet en six mois.

Et elle parle trop vite car elle a lu, de ses yeux lu, ses yeux trempés, que le garçon prénommé Oliver manifestait l'angoisse de la privation de parole en touchant sans cesse les lèvres de ces autres qui, eux, continuaient à parler. Qu'ensuite, il s'emparait des siennes pour vérifier si leur position était bonne. Tu vois, tu te souviens, tu comprends ? Et un sourire fou grandit sur sa figure rougie.

À lui aussi, dit-elle, à lui aussi le médecin a enseigné ce qu'il appelle la *langue des doigts*.

Elle s'arrête pour laisser Arthur réagir. Il la dévisage, dit qu'il va réfléchir. Dans sa colonne vertébrale, l'élan qui permet de se tenir droit semble se restaurer malgré lui. Il dit qu'il va lire. Qu'ils vont prendre des dispositions.

Au besoin, nous repousserons de quelques jours le départ vers Fern Quarry, dit-elle.

Elle repose sur son secrétaire la lettre de Fred, pliée, bien proprement, dans son enveloppe. Elle se lève et son ventre est lourd, si lourd qu'elle croit tomber, et puis non, elle traverse la pièce pour ouvrir une fenêtre tandis qu'Arthur ouvre l'autre, luttant contre la crémone grippée que Yates tarde depuis des jours à venir arranger.

Ils se penchent au-dehors, chacun à sa fenêtre. Au loin, un groupe d'enfants passe, calme et poussiéreux, accablé de chaleur. Kate reconnaît le pas traînant du premier petit-fils de Yates, blessé elle ne sait plus comment à la jambe. Dans quelques minutes l'ombre atteindra les buis, et vers le verger, le flanc de la grange renverra jusqu'à eux ses inexplicables reflets de mercure.

Pourquoi, dit le capitaine, faut-il qu'ils passent par là ? Il y a un sentier derrière le fenil. Pourquoi faut-il qu'ils soient toujours sous notre nez comme s'ils n'avaient pas de chemin à eux ?

Et Kate secoue la tête, indulgente, sourit sans savoir pourquoi. Ils ont soudain le luxe furtif de pouvoir se préoccuper d'autre chose que de leur malheur.

Coiffée d'un chapeau de paille sans doute emprunté à son frère, la silhouette rouge de Jewel ferme là-bas la marche.

Allons. Ils passent, dit-elle. Ils passent simplement. Ils ne font aucun mal.

Et les enfants s'éloignent, montrant l'exemple d'un possible mouvement.

Arthur étudiera ce soir les pages du *Voyage en Amérique* et décidera s'il y a lieu d'écrire une lettre. Si oui, il prendra dès le lendemain ses renseignements pour savoir où et à qui précisément s'adresser. Il doit exister dans cette institution un jeune médecin ayant succédé à ce Samuel Howe rencontré par Dickens. Il reste aussi, dit-il, et il ne faut pas l'oublier, la piste de l'oculiste de Washington dont on leur a parlé en termes élogieux. Mais demain, c'est d'accord, il écrira.

Ce soir, dit Kate. Maintenant.

Je peux écrire moi-même cette lettre. Je l'écris, dit-elle encore.

Et alors que là-bas le groupe d'enfants disparaît, aspiré par les ondes de chaleur, dans la chambre Helen vient tirer sur la jupe de sa mère, réclame des choses urgentes mais

Kate n'écoute pas, lui caresse le dos sans la regarder, pensive. À l'intérieur de son ventre, l'enfant inconnu se soulève, roule. C'est un garçon, elle le sait, elle le veut, elle le sent. Un robuste petit garçon. Elle serre les dents, ses yeux se voilent tandis qu'un grand courant d'air traverse la pièce, humide et sucré, saturé de l'odeur cuivrée du Souvenir de Gabrielle Drevet.

13.
OCTOBRE 1886

Les semaines qui précèdent la naissance, la nervosité grandit dans la maison, à propos de tout. Du bébé à venir, bien sûr, mais aussi des courriers échangés entre le capitaine et cet homme au nom vaguement ridicule qui est directeur de l'Institution des Aveugles à Boston aujourd'hui. Leur lieu de résidence, à des milliers de kilomètres du secteur couvert par l'établissement, complique une affaire déjà hasardeuse. Mais Kate n'en démord pas et harcèle Michael Anagnos pour qu'il accepte de les aider.

On s'alarme aussi en septembre à propos de la fièvre dont Evaline et Rena sont saisies tour à tour pendant cinq longues journées pluvieuses et autant de nuits. Un matin, les cris stridents de Percy les alertent : alors que les œufs n'ont pas encore été mis en pots en quantité suffisante pour l'hiver, un prédateur inconnu a dévasté le poulailler. Et puis il y a Helen, qui se saisit sans s'arrêter des objets et des gens. En elle l'animal déborde et Eliza a bien du mal à l'éloigner pour que Kate se repose.

Elle n'est pas pressée d'accoucher. L'heure de la naissance n'est ni digne ni plaisante. Et ce petit Keller, dont il est encore difficile d'imaginer les traits et le caractère, lui fait peur. Elle le souhaite, sans oser se l'avouer, différent de sa fille. Elle le veut intact, facile et doux, elle le veut sauvé.

Mais l'important est de garder assez d'énergie pour que leur folle espérance à propos de l'aînée soit récompensée. Puisque la solution n'est venue ni de la médecine, ni des plantes ni de la ville d'eau, elle viendra du Massachusetts et des professeurs. Elle y croit dur comme fer. Il faut tout de même que quelque chose leur soit donné, à la fin. C'est essentiel qu'on leur réponde, elle le sait, le capitaine le sait, et jusqu'aux domestiques : c'est leur dernière chance et ils le savent tous.

Fin octobre, l'enfant paraît enfin. La date prévue par le médecin est atteinte, l'accouchement se passe normalement, dans des souffrances normales. Et pourtant, le bébé qui, dans la chambre, pousse son premier cri entre les mains ensanglantées de la sage-femme n'est pas un garçon.

Elle est belle et fripée. Hurlante. Sa peau bleuâtre est presque transparente.

Il faudra longtemps à Kate pour bien comprendre qu'elle n'a pas seulement *des enfants*, mais deux filles. Elle pourrait dire à présent *mes filles*, et n'ose pas. Elle garde ses mots. Comme si les sœurs n'étaient que d'une espèce voisine et ne pouvaient répondre à une appellation commune.

Ses filles, pourtant. Elle n'en revient pas.

Malgré les promesses qu'elle s'est faites, de calme, de détachement, elle s'inquiète exagérément, se raisonne et s'inquiète encore. S'il existait un signe, un germe mauvais déjà perceptible à l'œil nu. Un malheur rattrapable à l'avance. On lui dit que tout va bien, que la petite est parfaite, mais que savent son mari, sa belle-sœur ou même le docteur Cooper d'une enfant si menue. Il faut s'assurer qu'elle voit – mais que voit un nouveau-né de cet âge ? –, qu'elle entend – mais qu'entend-on, que comprend-on lorsqu'on n'a vécu que trois heures ?

Sa température est surveillée de près. Arthur a parlé d'un nouveau cas mortel de scarlatine, un autre de typhoïde rien qu'à Tuscumbia ce mois-ci. Les fièvres mauvaises rôdent encore autour d'eux.

Kate regarde sa fille dans le berceau. Il n'est pas sûr qu'Helen, un jour, ait été aussi minuscule. Depuis sa maladie, il fuse de tout son être une vigueur si intense que plus rien ne semble pouvoir l'atteindre. À côté d'elle, le bébé paraît si fragile. Ses paupières, régulières, bordées de cils invisibles, s'ouvrent à peine sur des iris d'un bleu laiteux qui font paraître monstrueux les yeux d'Helen. Ou bien ce sont ceux de Mildred qui sont ridiculement étroits.

Mildred Campbell Keller.

Kate prononce son nom, à voix basse, à de nombreuses reprises au cours de la journée. Cette fois, elle a accepté que sa fille porte le nom de la fameuse tante et s'inscrive dans la lignée de sa belle-famille. Une manière de sauvegarde. Puisque son bébé n'est pas un garçon.

Le lendemain de la naissance, alors qu'elle se repose dans son lit avant la visite du médecin, un coup léger est frappé à la porte. Une silhouette se faufile dans la chambre sans attendre qu'on l'y autorise. C'est Virginia. Elle s'avance sans bruit, se penche, examine le bébé geignant doucement sous la couverture. Elle ne dit rien, ne touche à rien, hoche seulement la tête en regardant Kate d'une drôle de manière. La manière de regarder bêtes et gens qui n'appartient qu'à Virginia. Recueillie. Perçante. Paisible comme une eau.

Puisque chaque chose, dirait-on, est connue de cette femme avant d'être vue, ne nécessitant de sa part qu'un contrôle de pure forme.

Elle tient ses avant-bras pressés sous sa poitrine contre son tablier, ses mains déployées comme si elle voulait protéger de leur contact la toile claire de ses manches. Ses doigts s'agitent avec une lenteur insolite, pianotant dans le vide. On dirait que plus rien n'existe de Virginia que ces mains dont la peau tantôt sombre et claire, luisante, est hachurée d'un spectaculaire entrecroisement de rides qui semblent autant de coupures. Qui sont sans doute la trace de véritables coupures que Kate n'avait pas remarquées. En écho aux douleurs qu'elles ont dû provoquer, ses propres seins la lancent soudain.

Le martèlement des talons d'Evaline résonne dans le hall, Mildred se tait dans son berceau, Kate se raidit. Virginia n'a rien à faire ici. Du temps de la première femme d'Arthur, rien ne se serait passé de cette façon, elle en est sûre. Les limites n'ont pas été établies assez clairement à son arrivée, et les domestiques, Virginia la première, ont pris leurs aises. Jamais Lucy n'aurait autorisé pareille intrusion dans sa chambre de jeune accouchée. Jamais Cora, d'ailleurs, ni aucune des servantes dans la plantation ou dans la maison de Memphis n'y aurait même songé.

Le bruit des pas s'éloigne derrière la cloison, les épaules de Kate se relâchent contre l'oreiller. Ne demeure que la vague rancune de s'être sentie fautive sans motif. Ou presque sans motif.

Dans l'obscurité qui tombe, les yeux de Virginia roulent à travers la pièce, jaunes et brillants comme de l'huile. Sa silhouette incongrue, son fichu dressé, pareil à la houppe d'un cardinal rouge, autant que l'état douteux de ses vêtements, contrastent avec un mobilier et un aménagement dont jamais, avant cette minute, Kate ne s'était dit qu'ils étaient *cossus*. Ils le sont, pourtant, et marquent encore la distance entre elles.

Elle voudrait parler pour dissiper le silence, mais avec la fatigue rien ne lui vient que des mots affables, des mots de Blanche à Blanche qui n'ont rien à faire là et cristalliseraient un malaise qui, à vrai dire, n'existe pas entre elles. Les mots habituels d'une maîtresse à sa domestique de couleur seraient pareillement incongrus, il faudrait en inventer d'autres, d'une femme, d'une mère à une autre, des mots simples qu'il est aujourd'hui inimaginable de prononcer. Elle ferme les paupières. L'heure de la prochaine tétée se rapproche et le bébé ne va pas tarder à pousser ses cris affolants. Elle sent que Virginia se déplace, passant du tapis au plancher, elle sent son odeur, de pomme, de piment, de chair cuite, elle entend sa respiration, lourde et longue.

Et lorsque après un temps d'absence indéterminé elle rouvre enfin les yeux, curieuse de voir ce qui occupe l'intruse, elle la découvre à la même place, inchangée. Ses doigts qui faseyent toujours curieusement de chaque côté de sa poitrine esquissent une manière de sourire. Léger et doré, en forme d'éventail. À l'exacte image du petit gâteau de maïs qu'une minute après que l'autre a refermé la porte sans avoir prononcé un mot, Kate trouve posé sur le drap sur un carré de papier blanc, à portée de sa main.

14.
NOVEMBRE 1886

Deux semaines après la naissance, Arthur mène solennellement Helen dans la chambre dont elle est chassée depuis trop longtemps. Sa tante et Ollie, la nouvelle nurse, lui lavent à grand-peine les mains dans la bassine avant de les sécher dans une serviette propre. La famille rassemblée la regarde se débattre. Kate tressaille lorsqu'une partie de l'eau est renversée sur la tablette de marbre. Elle a décidé, contre l'avis de sa mère, d'autoriser l'aînée à faire très tôt connaissance avec sa sœur.

Pas la tête, dit Simpson alors qu'on guide Helen vers le berceau.

Pas la peau, dit Arthur.

Tenez-lui les bras, dit Lucy.

Elle va avoir six ans et demi, dit Kate. Laissez-la.

Plus tard le même jour, c'est au tour de Leila. La jeune femme, venue avec son mari, porte dans ses bras sa jolie petite Evelyn âgée de presque un an, ronde et rose et maussade. Chacun s'extasie, les cousines seront à coup sûr de bonnes camarades à l'avenir.

Sans que personne ne la remarque, Kate s'absente de la scène par intermittence. Elle se sent encore épuisée par les efforts fournis, épuisée par la surprise que le garçon attendu soit devenu Mildred, épuisée par la douleur qui sans répit l'attrape entre les jambes et à la poitrine. Elle voudrait régner dans son lit au calme, avec son bébé et ses livres. Elle voudrait dormir. Elle voudrait changer de fatigue.

Mais il faut garder les yeux ouverts et alimenter la conversation. Dans les bras de sa mère, Evelyn s'incline au-dessus du berceau, sa bouche s'avançant comme si elle s'apprêtait à planter ses gencives dans le crâne duveteux de sa cousine. L'atmosphère a bien changé depuis l'épreuve traversée tout à l'heure, au moment de la présentation des deux sœurs. Helen, le coude maintenu avec fermeté par son frère aîné, n'avait pu qu'effleurer le mollet du bébé avant que sa grand-mère ne l'attire en arrière. C'était fini. Et alors Kate les avait entendus, dans un même murmure soulagé : les souffles et les épaules qui se relâchaient.

Chaque jour, elle s'installe dans un rocking-chair près de la cheminée et prend ses filles sur ses genoux. Helen, l'espace de courtes minutes, parvient à se tenir tranquille, goûtant la chaleur de sa mère dans la maison refroidie par l'entrée de l'hiver. Elle tripote sa sœur, parfois délicatement, parfois moins. La bouche sans dents, les cheveux presque absents, les pieds lilliputiens la captivent. Quand elle la pince, au bras, au cou, Kate retient doucement sa main, la pose sur sa poupée, tentant de lui expliquer par gestes que seul son jouet peut être martyrisé.

Elle ne s'attendait pas à ça. Deux filles sur ses genoux. Les siennes. Fabriquées avec le même soin. Ses enfants. Fortes et fragiles, chacune à sa manière.

Elle soupire. Même si Helen atteint un jour l'âge adulte, elle n'aura jamais d'autre bébé que la poupée qu'elle serre à l'instant rageusement contre ses dents. Une poupée sale, rouée de coups, mais ni fille ni garçon de chair dont craindre la mort ou le grand malheur.

Si on accourt de partout pour saluer la venue du bébé, Kate n'est pas dupe. Il s'agit avant tout de vérifier si Mildred ne présente pas de défaut flagrant. Fred annonce sa visite pour décembre, Lucy s'est installée à Tuscumbia pour quatre semaines. La cohabitation avec l'aînée de ses petites-filles s'est émaillée au fil des jours d'épisodes que chacun, ici, s'efforce d'oublier. Mais du côté Adams autant que chez les Keller, on acclame la reviviscence du couple parental. De l'avis de tous, Kate et Arthur semblent plus tendres l'un envers l'autre.

Après le départ de sa mère pour Memphis, Kate découvre dans sa chambre, posé en évidence sur le secrétaire, un livre à couverture rouge destiné aux maîtresses de maison. Elle y trouve d'intéressantes versions de pickles de concombre ou de soupe de bœuf aux gombos, des avis concernant le choix des matelas qui contredisent à la fois ceux d'Evaline et ceux de Jessy. Elle lit avec attention, bien sûr, le court chapitre consacré aux soins à porter aux bébés. Et elle ne sait pas, ne saura jamais, si les phrases sur lesquelles elle tombe dès la deuxième page sont en vérité les seules à avoir motivé le cadeau discret de sa mère.

> *À l'heure qu'il est, le plus grand événement de la vie est livré aux caprices du hasard, et voilà que nous avons récolté les aveugles, les sourds et les muets, les idiots, les fous, les épileptiques, les criminels, les ivrognes et les goinfres – des milliers d'êtres humains qui, dans notre jeune république, n'auraient jamais dû naître : un poids pour la société, une disgrâce pour leurs parents, une calamité pour eux-mêmes.*

Très vite, Helen comprend à quel point sa sœur va finir par lui être importune. Chaque matin au réveil elle se précipite. Ses mains, ses ongles se précipitent. Il s'agit de vérifier si la créature gigoteuse couronnée d'un halo de lait aigre est toujours là, plaquée contre le sein de leur mère ou gisant dans le berceau de bois où tante Evaline lui a montré autrefois comment installer sa propre poupée.

Contrairement à Evelyn, dont la présence entre les bras des femmes de la famille l'avait intriguée au début, puis passionnée, le bébé récemment livré ne se contentera pas de simples visites. Mildred va rester et lui voler la jupe, les promenades vers le fleuve, la main pourvoyeuse de caresses et de sucreries, le cou parfumé, les bras consolants. Lui voler celle qui accourt à peine elle frotte sa joue du bout de ses doigts, selon le code qu'elle a instauré. Celle qui cède à tous coups.

Son obsession d'approcher sa sœur et de la toucher, sa furie prête à tonner, la saleté perpétuelle de ses mains, de sa bouche, font que l'accès au berceau lui est rigoureusement interdit. Chacun y veille et Ollie a reçu en ce sens des consignes sévères. En l'absence de sa mère, elle doit garder le nourrisson auprès d'elle comme une lionne garderait son lionceau.

Il n'est d'ailleurs pas besoin de la pousser. Ollie se méfie depuis la seconde où l'aînée l'a mordue, le jour même de son arrivée. Elle craint le gros œil et les grognements, fuit les baisers dont Helen gratifie ceux qui l'entourent avec une épouvantable effusion. La mission de la jeune nurse est délicate mais Kate a décidé de lui faire confiance. La fatigue l'a décidé pour elle. La maison qui l'appelle. Les invités du capitaine, toujours plus nombreux à se presser pour aller vanter ensuite la qualité de sa cuisine et la beauté de son jardin à travers le comté. Sa grande fille, bien sûr, qui ne cessera jamais de la solliciter. Il va falloir accepter de lâcher du lest. Les domestiques vont l'aider. Ollie pour Mildred, Eliza et Hilliott pour Helen.

Mais bien sûr, il a suffi d'une fois. D'une minute d'inattention pour qu'Ollie fasse irruption dans la cuisine où Kate vérifie la cuisson des pintades. Ça recommence déjà, se dit-elle, affolée. Dans les bras de la nurse, le bébé hurlant.

Mildred n'a rien mais Ollie, en colère et dans un grand effroi, raconte comment Helen a réussi à tromper sa vigilance et a renversé le berceau pour y allonger cette poupée dégoûtante à la place de sa sœur.

Kate prend sa fille à bout de bras, l'inspecte, sa figure, son crâne aux cheveux transparents. Bêtement, craintivement, elle scrute les yeux fermés par les pleurs. Et puis la couvre de baisers.

Elle a failli la tuer, dit Ollie dans un souffle.

Et sa bouche tremble. Prévenant une nouvelle chute éventuelle, ses deux mains sont plaquées sur le dos de Mildred, elle-même pressée sur le sein de sa mère. Comme si, décidément, il n'était pas certain que Kate sache s'y prendre avec ses enfants.

Elle la tuera, à la fin, articule Rena du fond de la cuisine.

15.
MARS 1887

Elle est déjà venue la veille et l'avant-veille à la même heure, avec James. Ils ont attendu sous le regard d'une dizaine de personnes chaque fois, curieuses d'apercevoir celui ou celle qui descendrait du train et serait accueilli par les Keller. Mais seuls quelques fermiers inconnus, un employé de chez Harris Brothers et la jeune demoiselle Patton dans un ensemble ridicule et rose avaient fini par se montrer, quittant comme à regret leur wagon pour rejoindre le quai terreux en gare de Tuscumbia.

Depuis le Nord là-haut, décidément le voyage est long, avait dit James en poussant un soupir. Elle s'est perdue en chemin. Ou bien elle a changé d'avis.

Il était remonté dans la voiture sans la regarder. Sur la route, une altercation entre enfants fous ou avinés les avait ralentis, jetant sur eux comme l'ombre d'un mauvais présage.

On était lundi, puis mardi. Ils étaient rentrés à la maison, les deux fois dépités et muets.

La jeune femme allait finir par les atteindre, Kate en était sûre, Michael Anagnos l'avait indiqué formellement dans sa dernière lettre. Le salaire de vingt-cinq dollars proposé par Arthur avait été accepté, et avec des efforts ils parviendraient à s'en acquitter à la fin de chaque mois. La fille arriverait et ils verraient bien. Il n'était pas possible que leurs espoirs soient éternellement déçus.

À ce jour, personne n'est capable de se faire respecter d'Helen, hormis James, et encore pas toujours. Les deux garçons, suivis par l'oncle Fred, se montrent donc réservés quant au succès de l'entreprise. Kate veut y croire, elle le désire et le craint à la fois, de toutes ses forces. Lucy ne s'est pas prononcée. Mais Arthur, Leila, tante Ev et plusieurs personnes de leur connaissance ont manifesté leur bon espoir à haute voix.

Jessy a demandé mardi soir s'il fallait continuer à mettre sur la table le couvert de cette Miss Sullivan. On l'aurait placée comme la veille à côté d'Helen, décalant d'un cran la chaise plus solide réservée au fort gabarit d'Evaline. Kate a secoué la tête sans que le non parvienne à sortir de sa gorge. Mais pendant le souper, elle s'est sentie soulagée de surseoir à la rencontre une nouvelle fois. Aucun d'entre eux n'y sera jamais assez préparé. À ses côtés, Helen fouillait dans l'assiette remplie de cailles et de haricots de son père avant de diriger ses mains luisantes vers celle de sa tante.

Il n'existe sans doute aucun moyen de se préparer.

La nuit était passée comme les précédentes, noire et tendue. Elle avait mal dormi. Mildred avait pris froid ces jours derniers, sa respiration trop rapide dansait dans la pièce.

Kate s'agitait dans son lit, sursautant, guettant le cri du rapace, là-bas, sans qu'il lui soit donné. Lors des brefs cauchemars qui avaient ponctué sa dernière heure de sommeil, elle s'était retrouvée prisonnière à son tour d'un voyage sans fin.

Pour la troisième fois en trois jours, elle a demandé ce matin que ses bottines soient faites et a fini par les cirer elle-même. Vêtue d'un ensemble léger en coton bleu ciel et d'un corsage plissé au col bordé de dentelle, elle a frisé et arrangé ses cheveux avec soin. À ses côtés, Ollie bourdonnait des chants religieux qui enchantaient Mildred depuis ses premiers mois. Le bébé ouvrait grands les yeux et dodelinait de la tête, malaxant le bras de la nurse. Elle semblait aller mieux. Elle respirait bien. Elle entendait et voyait parfaitement.

À la même heure aujourd'hui, vers cinq heures et demie du soir, ils sont donc revenus à la gare, qui obstinée, qui résigné, pareillement en avance et plus nerveux encore. Cette fois, James est seul sur le quai tandis que Kate attend à l'arrière, dans le buggy. Les curieux l'indisposent plus que jamais.

Tout va bien se passer, se répète-t-elle. Lorsqu'ils ont quitté la maison une demi-heure plus tôt, chacun occupait sa place attitrée. Helen, quoique gagnée par l'agitation générale, cherchait avec Jewel des œufs de pintade dans les herbes. Mildred s'assoupissait dans les bras d'Ollie. Percy, chargé de guetter leur retour pour prévenir les autres, avait, selon les ordres, changé de chemise pour une nouvelle à peine moins sale. Il était déjà à son poste à l'entrée du chemin. Dès leur arrivée, il était prévu qu'Eliza conduirait l'intéressée sur la véranda, fin prête, tandis qu'Arthur accueillerait la voiture. C'est le troisième jour, ils sont bien rodés.

Elle avale sa salive, elle a soif, elle attend sans penser.

Enfin, moins d'un quart d'heure plus tard, Miss Sullivan descend du train, contourne la gare et s'avance vers elle, escortée de James.

La conversation s'engage naturellement à la minute où la voiture s'élance. Comme ils l'avaient imaginé, le périple de la jeune femme a été long et difficile. À son arrivée à Philadelphie, la ville couverte de neige avait l'air d'un grand cimetière blanc, raconte-t-elle. Le train avait déjà deux heures de retard à cause de la tempête.

Miss Sullivan est une personne absolument étrangère, et son accent du Nord surprend Kate, qui naïvement ne l'avait pas anticipé. Elle avoue avoir très peu voyagé avant de se rendre ici, dans le Sud. C'est sa première fois. Elle ignorait même qu'on puisse prendre autant de trains à la suite et parcourir plus de mille huit cents kilomètres en un temps qui paraisse si court et si long à la fois.

Partie la veille, elle a rejoint successivement New York, Philadelphie, Baltimore, Washington, Lynchburg, Roanoke, Knoxville, Chattanooga, pour atteindre enfin Tuscumbia voici quelques minutes. Il est plus de six heures. Les billets qu'on lui a fait prendre à Boston n'étaient pas des plus adaptés et elle a manqué une correspondance. La gare de Baltimore l'a impressionnée, qui grouillait de plus d'hommes de couleur qu'elle n'en avait vu de son existence, explique-t-elle. La personne qui devait l'attendre pour son étape à Washington ne s'étant pas présentée, elle a dû se résoudre à louer une chambre à l'hôtel, ce qui l'a irritée, elle qui n'était jamais entrée dans un établissement de ce genre.

Les informations déferlent dans la voiture. Kate s'efforce de tout retenir pour en rapporter les détails au capitaine si Miss Sullivan, fatiguée, ne souhaite pas renouveler le compte-rendu de son épopée aux membres de la famille tout à l'heure. Son regard navigue aux moments de silence, se posant sur la silhouette d'un gamin déchaussé et torse nu qui jaillit d'une cahute, puis sur le dos jaune et muet de James devant elles. Le chemin s'étire. Miss Sullivan lance vers Kate un sourire, sa fatigue et son impatience jaillissent comme des pierres autour de son visage. Son œil droit, larmoyant, paraît douloureux.

C'est encore loin ? J'ai si hâte de rencontrer votre fille, dit-elle. Et j'ai soif.

Allons, Jerry, lance Kate pour ne pas tancer ouvertement son beau-fils. Allons !

Et la honte lui vient d'apostropher ainsi le cheval, comme si dans le Nord les hommes étaient si différents qu'ils jugeaient inutile ou même ridicule de nommer les bêtes. Allons, dit-elle.

Mais ni James ni le vieux cheval n'ont l'air décidés à presser l'allure. La voiture cahote au rythme de l'agaçante manie qu'a cet animal de baisser et relever la tête jusqu'au coup de badine. James le laisse faire, comme s'il souhaitait ainsi révéler à la jeune femme la déplorable situation dans laquelle elle vient de mettre le pied.

Son dos couleur tabac est aussi étranger, dans sa raideur, que si Kate avait engagé pour conduire la voiture l'un de ces garçons qui traînent autour de la gare à la recherche d'un travail. Il n'ouvre pas la bouche de tout le trajet, ne se tourne jamais vers elles mais écoute certainement ce qui se dit derrière lui, jugeant la façon que sa belle-mère aura de se débrouiller de la nouvelle venue. James et son dos de pierre.

Ils ont le même âge, pourtant, la fille n'est pas vilaine, elle pourrait lui plaire. Ça compliquerait les choses. Kate y a songé en les voyant s'approcher côte à côte au sortir de la gare, mais se rassure tant ils semblent hostiles à présent l'un à l'autre, sans qu'elle sache pourquoi. Elle ferme les yeux une seconde, n'y pense plus.

À la sortie de la ville, les constructions s'espacent après la 1re rue et le paysage se métamorphose. Sous le grincement familier des harnais, le pays qu'elle croyait sien redevient inconnu. La ville, la vraie ville, peut-être la vraie vie, tout se dissout dès lors qu'on arrive ici, dans ce comté de Colbert. Elle avait fini par oublier à quel point Tuscumbia est rurale, peuplée de familles de colons, de fermiers, de commerçants, d'artisans modestes et d'une foule considérable d'anciens esclaves. Sur un côté de la route, la terre est piquée de feux tremblotants autour desquels des ombres mouvantes se regroupent. Les cabanes habitées par la frange pauvre de la ville semblent plus délabrées que jamais dans le jour qui tombe, les visages noirs plus inamicaux, hébétés de travail ou d'alcool, les enfants plus négligés, les mouches plus insistantes. Et le cheval plus lent.

Lorsque la conversation faiblit, elle tourne la tête et laisse flotter son regard sur les jardins potagers dont les sillons maladroits et l'écœurante odeur de fumure l'embarrassent. Elle redécouvre le quartier qu'elle traverse plusieurs fois par semaine sans plus le regarder, et, à sa grande surprise, les impressions violentes de sa propre arrivée, en 1878, refont surface. Nostalgie des terres de l'enfance, effroi de l'isolement qui se refermait sur elle en ces jours d'été. Semblable à cette demoiselle Sullivan, la jeune mariée d'alors avait à peine plus de vingt ans.

Le Sud, dans la splendeur de sa grande poussière. Voilà ce que les Keller ont à offrir après le long périple depuis Boston.

Elle pense à Helen, essaie de visualiser ce qu'elle doit faire à l'instant. Marcher dans l'herbe à quatre pattes ou demander à boire, se débattre entre des bras noirs pour leur échapper avant de revenir vers eux réclamer autre chose, tâter, attraper, lécher. Et les mouvements de sa fille se frayent en elle une place encombrante.

Lentement, trop lentement et bien trop vite, le paysage s'ouvre qui mène à Helen.

Arthur a obtenu du directeur de l'Institution Perkins des Aveugles quelques informations à propos de leur future employée. Orpheline, originaire d'un modeste foyer irlandais et souffrant depuis l'enfance d'un trachome, Ann

Sullivan est entrée à l'Institution à l'âge de quatorze ans, presque aveugle. Elle y a été éduquée jusqu'à l'obtention de son diplôme. Les successives opérations dont elle a pu bénéficier grâce au soutien de philanthropes ont considérablement amélioré sa vue ces dernières années. Michael Anagnos assure qu'elle voit normalement.

Si le docteur Howe, inventeur de la méthode d'apprentissage du langage aux sourds-aveugles évoquée par Dickens, est mort il y a des années comme ils l'avaient pressenti, Laura Bridgman, son élève, est toujours vivante. Elle n'a pas loin de soixante ans et vit encore à Perkins. Miss Sullivan a la chance de la côtoyer depuis des années. Depuis l'été dernier, elle étudie les notes détaillées du médecin en vue de préparer son enseignement. Elle maîtrise à ravir l'alphabet manuel, paraît-il.

Kate se demande ce que peut recouvrir le concept d'alphabet pour une enfant comme la sienne. Pendant une partie du trajet, elle observe de biais les mains qui savent des gestes qu'elle ne connaît pas. Posées sur le lainage de la robe, fourrageant dans le bleu des plis, les mains de Miss Sullivan sont plus blanches, plus fines que les siennes. L'anneau un peu trop large d'une bague ornée d'un grenat tourne autour de son majeur. Des mains si délicates, se dit-elle, auront du mal à maîtriser Helen.

Malgré elle, elle ne peut s'empêcher d'établir des comparaisons. Le visage de la jeune professeure est certes plaisant, mais ses dents à elle sont mieux implantées, son maintien plus élégant. Le choix de sa tenue la rassure également. Ses craintes de se sentir provinciale n'étaient pas fondées.

Miss Sullivan flotte dans une robe à manches gigot démodée, sans doute adaptée au climat du Nord mais bien trop chaude pour la saison d'ici. Son chapeau de satin noir fatigué, noué de rubans rouges, ressemble à celui dans lequel la vieille tante Ev s'affiche en ville depuis des années. Aux pieds, elle porte une paire de pantoufles en feutre plutôt que de véritables souliers. Elle est jolie, certes, mais ses manières sont un peu brusques, ses yeux humides comme si elle avait pleuré. Le droit est même enflammé. Sans en être certaine, Kate croit déceler un strabisme léger.

Elle se souvient de ses vingt ans. Elle ignorait alors comment repriser des chaussettes ou préparer une tourte à la viande, et ne savait même pas diriger les servantes pour qu'elles s'en chargent à sa place. Rien qui ressemble à un travail ou une ambition quels qu'ils soient ne lui était familier, quand cette fille, à cet âge, doit gagner sa vie après avoir traversé d'inimaginables épreuves. Le deuil de parents vraisemblablement alcooliques et violents, la solitude et la pauvreté dans un asile de bienfaisance, la maladie, les opérations, le spectacle des turpitudes humaines.

Elle ignore ce que l'on peut tirer de bon de telles aventures. Il est difficile de croire qu'une personne aussi jeune et inexpérimentée puisse être à la hauteur de la mission qu'on lui réserve ici. Que garde-t-elle de son passé qui saura l'y aider ? Peut-être rien.

Peut-être une colère, une force insoupçonnée.

Et tandis que Jerry continue à lambiner sur la route, lâchant à l'arrêt une bordée de crottin devant le panneau indiquant la direction de Sheffield, Kate se renseigne sur la véritable façon dont Laura Bridgman communique, puis évoque les signes grâce auxquels Helen réussit à se faire comprendre des membres de la famille et des domestiques. Elle a appris très jeune à sa fille comment affiner ou associer ses gestes. Mais les combinaisons les plus ingénieuses de son répertoire, explique-t-elle, ont été inventées par Helen elle-même.

Cette enfant n'a cessé de me surprendre depuis le début de sa vie. Qui sait. Elle pourrait finir par recouvrer la vue comme vous l'avez fait.

Elle hésite.

À ce jour, elle n'a pas subi la moindre opération, les oculistes consultés s'y refusent les uns après les autres. Mais allons. Sans doute n'avons-nous pas encore rencontré de praticien suffisamment qualifié.

Miss Sullivan hoche la tête sans la regarder, elles savent toutes les deux ce qu'il en est de cette question précise, elles n'ont pas besoin de s'étendre. Il fallait simplement que la chose soit dite et c'est fait.

À ce moment, les mots que les autres ont prononcés tant de fois devant Kate viennent lui brûler la bouche, ceux de folle et de sauvage, d'asile, de malheureuses. Il n'est pas besoin de les mentionner pour dévoiler à quel point de tout son corps elle les hait. Et la venue de cette fille à Tuscumbia est la preuve éclatante que l'espoir subsiste ailleurs que dans l'esprit des parents.

Elle mime sommairement quelques signes parmi les plus courants, la joue frottée de la mère, le journal du père, le chignon de Leila, le ruban noué sous le menton de la tante Evaline. Elle mime les frissons et le va-et-vient du couteau à l'intérieur du pain, le beurre étalé. Elle pourrait se sentir ridicule à gesticuler ainsi en plein air et pourtant ne l'est pas car Miss Sullivan se montre intéressée, pose des questions qui établissent à elles seules qu'un amour valable et construit unit depuis le début la mère et la fille.

Lorsque l'entrée de la maison se profile sur la droite, les hauts buissons se détachant dans l'ombre, un premier lien s'est déjà formé entre elles, qui semble les rassurer. Reste maintenant à affronter le plus difficile et le plus merveilleux : Helen.

Elle espère qu'Eliza sera bien là avec elle, à leur place, sous le porche, comme prévu. Elle l'espère et appréhende leur apparition. Portée par la conversation, elle n'a pas remarqué si Percy était bien posté en sentinelle sur la route. Elle imagine le jardin déserté. Ils ont peut-être quitté la propriété un par un, s'évaporant mystérieusement. La tension revient la cogner avec une puissance nouvelle.

Nous y voilà, dit-elle pourtant.

Ann Sullivan tend le cou, son impatience est palpable. Kate voit ses poignets trembler. Le silence se fait autour du cheval comme une eau montée tout à coup, bientôt traversée des aboiements étouffés des chiens.

Le buggy s'engage dans l'allée, et au bout de celle-ci se tient le capitaine, d'abord immobile et flou puis s'avançant de quelques pas pour les accueillir. Son sourire est figé, ses bras écartés en signe de bienvenue.

Elle observe son mari comme si elle ne l'avait jamais vu, et à mesure que la voiture s'approche, Arthur s'inscrit à la perfection dans le paysage traversé depuis la gare de Tuscumbia : réconfortant et méprisable, sortant de la nuit, du passé, comme une créature folklorique.

16.

Depuis l'entrée de Miss Sullivan dans le théâtre qu'est devenue la maison Keller, chacun est à l'affût, famille et domestiques, et jusqu'aux voisins. De nombreuses visites de curieux extérieurs, désireux de voir à quoi ressemble la fameuse Yankee, ont dû être repoussées.

Mais la plupart du temps élève et maîtresse se tiennent enfermées dans leur chambre commune, à l'étage, juste au-dessus du salon. C'est Evaline qui, la première, a qualifié sa nièce d'*élève*, et, depuis, ce mot saugrenu rôde à travers les pièces.

Helen et celle qu'à sa demande on appelle Miss Annie font ainsi connaissance à l'écart, dans un secret troublant. Kate, levant le nez, raidie, les écoute s'activer la journée du jeudi sans réussir à deviner ce qu'elles peuvent bien faire là-haut, hormis sortir une à une les affaires de la malle qui vient d'arriver en vérifiant que rien ne s'est abîmé en route.

Au milieu de l'après-midi, Miss Annie descend l'escalier. Elle porte toujours sa robe de lainage et ses vilains souliers.

Kate la voit à travers la vitre se diriger vers la cuisine puis en sortir, tenant entre les mains quelque chose de blanc.

Elle a dit qu'elle voulait pouvoir récompenser la demoiselle, rapporte ensuite Virginia lorsqu'on l'interroge. Je lui ai enveloppé dans un torchon le quart d'un gâteau au citron. Mais la récompenser de quoi, je saurais pas dire.

De pas mordre, a soufflé Ollie dans le dos de Kate. De pas la manger, elle, à la place du gâteau.

Comme souvent, Kate toussote et fait mine de ne pas avoir entendu.

Puis c'est au tour d'Helen de dévaler les marches en brandissant une poupée neuve. La robe rouge dont elle est vêtue a été cousue par Laura Bridgman à Boston, apprendra Kate plus tard. C'est son cadeau de bienvenue dans le monde de lumière qui, bientôt, sera également celui de sa jeune camarade. *À ma sœur dans le Christ*, a-t-elle écrit sur un morceau de papier pour accompagner la poupée. La robe est simple mais de bonne facture, les coutures inspectées sont habiles et solides, même s'il est peu probable qu'elles résistent longtemps à Helen, dont, au bas de l'escalier, l'excitation bouleverse la respiration. Malgré l'insistance de Miss Sullivan, elle refuse de remonter dans la chambre.

C'est bien, tempère Kate, c'est assez pour une première journée.

Son bras est placé autour d'elle, formant un rempart qui protège, qui repousse. Il est plus de cinq heures. Ça suffit. Helen semble fatiguée, elle-même est exténuée, et la leçon, quoi que le mot recouvre, va s'arrêter maintenant.

Elle pose la poupée sur le sofa, et elles sortent dans le

jardin, les deux, la mère et la fille, affolées, remplies de salive et de soulagement.

Au dîner, Miss Sullivan occupe sa nouvelle place attitrée, entre le capitaine et la chaise vide d'Helen qui, fidèle à son habitude, se tient debout et visite chaque assiette. Sans rien dire, la jeune femme observe son manège et interdit l'accès à sa propre nourriture si la petite s'approche d'elle. Après le service des volailles, les quelques mots tracés à l'encre bleue qui accompagnaient la poupée à robe rouge sont examinés par chacun avec une crainte respectueuse. L'écriture de cette femme sourde-aveugle de cinquante-sept ans est celle d'une enfant maladroite.

Mais elle écrit bel et bien, dit Arthur en jetant un œil à sa fille qui, assise à ses pieds, la bouche pleine, agite les bras de sa poupée neuve comme pour la faire s'envoler.

Elle écrit, oui. Et elle s'applique. Regardez comme sa ligne est tenue, ajoute Evaline avec enthousiasme.

Bien sûr qu'elle écrit ! Miss Annie reprend une part de dessert. Elle écrit de longues lettres, à sa mère ou à d'autres. Elle parle de religion, elle en parle même souvent. Trop à mon goût en tout cas, dit-elle un ton plus bas, les lèvres débordant de tarte à la banane. Elle coud. Elle a tricoté ou crocheté dans sa vie un nombre affolant de napperons. Elle mange très peu. Mais elle pense beaucoup, elle s'explique. C'est une personne surprenante, vraiment, cette Laura Bridgman. Assez raide, et ma foi je n'aimerais guère passer une semaine enfermée avec elle où que ce soit, mais oui, je dois avouer qu'elle est étonnante.

La photo d'un visage émacié aux yeux bandés d'un masque étroit en forme de paire de lunettes fait le tour de la table.

Oh, dit Simpson, impressionné.

Dans le Christ ou non, si elle souhaite une telle sœur, je la lui laisse volontiers, dit James. Et il est difficile d'imaginer qu'Helen puisse *s'appliquer* à faire quoi que ce soit, tante Ev.

Pourtant, Helen s'applique. Kate le sait et le dit. Elle s'applique si souvent, ta sœur, mais tu ne la vois pas, James, comme si c'était ton tour d'être aveugle.

Le lendemain, les leçons ou ce qui en porte le nom reprennent dans la matinée et, après un repas tendu, se poursuivent l'après-midi dans la chambre à l'étage. Sur le qui-vive, Kate s'est réinstallée au salon dans le rocking-chair, mal occupée à lire. D'interminables échauffourées s'enchaînent au-dessus de sa tête, entrecoupées de blancs de silence au moins aussi inquiétants.

Elles s'empoignent. C'est une lutte. Au plafond, les minces poudroiements de poussière qui jaillissent entre les lattes du plancher en sont la visible respiration. Kate sursaute à chaque secousse et cadenasse ses poumons.

Elle se demande à quelle monstruosité elle a donné naissance. Si on y pense, c'est bien elle qui a découvert dans ce livre les mots de Dickens et a pressé son mari pour qu'à des milliers de kilomètres de Tuscumbia on leur trouve cette fille et la leur envoie. Elle avait rêvé d'un professeur, un médecin à barbe blanche plutôt qu'une ancienne élève sans expérience et à demi aveugle. À l'image des deux incisives qui dardent sous sa lèvre supérieure, l'insolence de Miss Sullivan pointe déjà.

Kate est un cheval qui trépigne sous le cuir du harnais. Il faut lui laisser sa chance, a dit Arthur avant de partir ce matin. La laisser aussi à Helen. À eux tous. Elle est d'accord, bien sûr, qui ne le serait ? Mais quoi qu'elle fasse, elle se sent coupable. Toujours coupable. Des bousculades là-haut, des coups. De la poussière que nul avant cette fille n'avait réussi à déloger du ciel. Qu'est devenue la vie qu'elle avait tranquille, malgré tout, avant son intrusion ? Le malheur familier qu'elle avait fini par aimer ? L'autre est là depuis deux jours et tout est plus difficile qu'elle ne l'avait imaginé.

Alors elle voudrait qu'au-dehors un orage éclate, que la pluie s'abatte sur les vitres et s'empare des cloisons de bois, buvant le bruit du premier étage. Elle voudrait que le vent l'emporte. Elle voudrait tout recommencer depuis la naissance de sa fille. Depuis la minute où, pour la première fois à Memphis, les yeux du capitaine se sont posés sur elle.

Le visage d'Evaline apparaît à la porte, Kate ferme les yeux comme si elle s'endormait.

Des images du séjour passé cinq ans plus tôt à Eureka Springs avec sa belle-sœur lui reviennent comme une bile, ce flot de gens souffreteux dont les vœux de guérison lui avaient semblé dès le premier soir parfaitement étrangers aux siens. Insensés. Sa crédulité d'alors, mêlée à celle de tant d'imbéciles, avait ouvert entre les deux femmes un fossé de gêne. Evaline avait fait de son mieux pour l'aider, mais plus encore que de son échec elle avait été témoin de son espérance ridicule. Depuis ce temps-là, la rancune est restée. L'espoir d'un jour meilleur, pense Kate, est une faute de goût s'il est exprimé devant n'importe qui. Elle secoue la tête au-dessus de son livre, elle est de nouveau seule, il faut lire ces poèmes et s'efforcer de ne plus réfléchir. Il faut ne rien entendre.

Vers trois heures elle gravit les marches de l'escalier et prononce derrière la porte le nom de l'autre, puisque c'est ainsi qu'elle l'appelle en pensée, *l'autre*. Elle demande si tout va bien, sans savoir ce que *bien* pourrait recouvrir.

On lui répond que oui et puis on se tait. On est exaspérée. On souffle. Kate a la main posée sur la poignée mais elle n'ouvre pas, fait volte-face, redescend d'un pas grave et lent. Derrière elle les bruits ont déjà repris. Il faut tenir encore.

Puis quelque chose tombe. Lourd. Écœurant. À bout de forces, elle remonte et ouvre la porte sans autre sommation. Helen est assise au milieu de la chambre, curieusement statique mais bondissant bientôt pour s'enfouir dans sa robe. Sur sa figure frémit un incendie impatient dont Kate ignore la cause exacte. Elles s'étreignent sur le tapis, à genoux au milieu d'une jetée de perles, devant Miss Sullivan qui les observe sans sourire, décoiffée, les yeux brillants, la main portée à la bouche. L'odeur, dans le cou d'Helen, acide, sucrée, est si belle qu'elle engloutit tout.

Je crois qu'elle m'a cassé une dent, dit l'autre.

Les premiers résultats sont évoqués ce soir-là, pendant le dîner.

Helen s'est laissé couper les ongles, raconte Miss Annie. Elle a enfilé des perles selon un processus défini – trois perles de bois, une en verre, et ainsi de suite, sur un fil solide, dans l'idée de composer un collier. Elle a reproduit dans la main plusieurs lettres de l'alphabet manuel et fini par articuler deux mots entiers : *gâteau* et *poupée.*

À la demande générale, la méthode est détaillée, assortie d'une démonstration. Les prénoms de chacun sont signés dans les mains. Après que les doigts de Miss Sullivan ont quitté les siens, Kate pose machinalement sa paume à plat sur son genou et l'essuie sur le tissu de sa jupe, elle n'aime pas toucher la peau des autres, elle n'aime rien toucher que ses filles.

Helen ne les comprend pas, bien sûr, ces lettres, précise Miss Annie devant les yeux écarquillés d'Evaline. Elle ne parle pas puisqu'elle ne sait pas, pas encore, qu'un mot existe, qu'une lettre fait partie d'un mot et prend sens en se combinant avec d'autres. Exécuter une suite de mouvements manuels lui permet d'obtenir ce qu'elle convoite mais ne désigne nullement l'objet en question. Signer *g a t e a u* offre la perspective du bon cake au citron de Viney, si vous voulez. Elle répète simplement ce que je lui dis.

Comme un perroquet ? demande Simpson.

Oui, comme un perroquet. Je dois avouer que ta sœur fait preuve d'un sacré talent pour l'imitation. Chez elle – et elle se tourne vers le capitaine –, le désir d'obtenir ce qu'elle veut est assez féroce.

Aussi, les mots *gâteau* et *poupée* ont plutôt bien marché. Helen a assimilé en quelques minutes l'enchaînement nécessaire au montage du collier ou au remplissage des petits cartons à coudre sortis de la malle. Ce goût pour l'imitation permettra facilement d'atteindre une première étape. C'est un atout certain. L'enfant est intelligente. Mais pour qu'elle progresse, il faudra d'abord la dompter. Cette petite, dirait-on, n'a pris aucune habitude d'obéissance.

Seul James réussit à rompre le silence qui tournoie dans la pièce après cette dernière remarque, un silence stupéfait d'où seuls jaillissent les bruits de mastication de sa sœur.

Non, dit-il d'une voix étouffée. Pas la moindre habitude d'obéissance.

Et, tendant son bras comme par inadvertance vers le centre de la table, il montre à son poignet une marque jaune laissée par une rangée de dents. Absolument aucune.

Une première consigne est donnée. Avant de monter se coucher après cette journée éprouvante, Miss Annie la leur délivre avec solennité.

Laissez-moi faire, maintenant.

Et elle leur sourit, une main posée sur la rampe, les regarde et les juge du haut de ses vingt ans.

Ainsi qu'elle s'était prise à considérer le pays d'un œil neuf en revenant ce mercredi-là de la gare, Kate redécouvre son quotidien et s'agace de tout. Elle qui n'avait pas prévu d'être évaluée sur l'organisation de sa vie entière se met à examiner les gestes de ceux qui l'entourent, empressés, pataudds, narquois. Elle étudie ses menus avec anxiété, toise la carpette poussiéreuse et usée dans le hall, le châle d'Evaline, d'un pourpre déplaisant, les objets qu'elle-même, Arthur ou les garçons abandonnent partout dans la maison sans que personne n'ait entrepris ni reçu l'ordre de les ramasser. Elle baisse les yeux quand résonne le phrasé laborieux de Percy offrant, plein de curiosité, ses services à la nouvelle venue.

Elle reprend Mildred à Ollie lorsque celle-ci passe devant elle, serre le bébé dans ses bras pour boire ses vocalises une minute puis tourne la tête vers sa fille aînée. Œil béant, cheveux de crin, griffures et griffes, lacets de ficelle. Elle regarde le tablier, ciré de crasse, les manches effrangées. Entend les grommellements, la colère, l'appétit, l'insatiable élan.

Elle revoit sa fille, l'été précédent, le visage penché, mâchant à pleine bouche une rose Niphetos dont des fractions de pétales blancs tombaient sur ses genoux comme des flocons de papier gaufré. Elle la revoit cracher les étamines, revoit sa langue impatiente essuyée du poignet, ses mains tâtonnant dans le buisson à la recherche d'une fleur plus fermée, plus dense, dont elle pourrait goûter l'odeur, la matière et la température avant son déploiement. Elle la revoit réfléchir, comparer, associer, revenir en arrière. Écouter sa propre pensée. La revoit courir dans sa direction, les bras en avant, pour lui dire, lui montrer, dans sa langue impossible, une grâce au-delà des mots.

Elle revoit toutes ces choses défiler dans sa tête, comme si elles allaient soudain disparaître.

17.

Au moment de se mettre à table, le troisième jour, Miss Sullivan prononce de nouvelles phrases pénibles. Elle dit, intervenez le moins possible. Faites-moi confiance. Faites-nous confiance.

Et elle ferme les yeux, plissant le front comme pour puiser en elle assez de forces pour les affronter eux, la famille, les parents Keller, en sus de l'enfant infernale dont elle a la charge.

C'est ici, dans la salle à manger, que ces injonctions vont être particulièrement difficiles à mettre en pratique. Pour être honnête – mais comment viser un tel objectif – les choses se passent toujours mal dans la salle à manger.

Qu'il soit apaisé, ou envenimé par des discussions politiques, Kate ne sait plus, à la vérité, à quoi ressemble un repas normal. Ni même une vie normale. Elle n'y réfléchit pas. Il s'agit de leurs repas après tout, de leur vie. Dans son souvenir, ses frères et elle n'étaient que de petits êtres invisibles installés bien droits sur leur chaise. Ils finissaient leur assiette, baignés sans en être affectés par les conversations adaptées aux seules préoccupations des adultes. Lorsque l'assiette était vide et que l'un des parents les y autorisait, ils essuyaient leur bouche, pliaient leur serviette, quittaient la table et retournaient tous les quatre à leurs occupations enfantines.

Ici, les choses finissent toujours par prendre une tournure déplaisante. Lorsque après le dessert les convives se lèvent pour se regrouper au salon, c'est une épreuve qui s'achève. Les robes, les épaules, les bouches, les bijoux et les barbes tâtés par une paire de mains importunes sont tachés de sauce et de fruits. Entre deux plats, Jessy a dû accourir pour éponger le contenu d'une carafe ou remporter en vitesse un légumier fendu. Une fourchette a roulé sous une chaise, un verre ébréché attend sur la desserte.

Malgré les instances répétées de sa famille et des invités familiers, tour à tour en colère ou bien désolées, Kate n'a jamais voulu céder. C'est sa fille. À moins de maladie – et cette enfant a une santé de fer –, elle restera quoi qu'il en coûte à table avec eux.

Au début du repas, Helen reste assise quelques secondes, le temps que chacun autour d'elle déplie sa serviette et que James ou le capitaine serve à boire. Rena entre dans la pièce pour apporter le premier plat et à peine a-t-elle disparu vers la cuisine que la petite se glisse au bas de sa chaise. Le pillage peut commencer. Placée à sa gauche, Kate est toujours sa première victime. Helen pioche dans son assiette, fondant sans hésiter sur les morceaux les plus appétissants – c'est à jurer qu'elle les voit, dit Simpson qui se presse d'avaler sa part. Helen tourne ensuite autour de la table. Simpson, James, puis Evaline et Arthur seront ses cibles successives. Elle grogne tout du long et mange plus que les autres. Réclame d'une tape sur le bras de sa tante les morceaux de pain de maïs que celle-ci a pris l'habitude de lui enfourner directement dans la bouche en poursuivant le fil de sa conversation, comme si elle nourrissait un chien, sans la regarder, comme si c'était normal. Puisque c'est normal, puisque c'est tous les jours.

Et si des invités sont présents, ils auront droit au même traitement, avec une insistance tactile auprès des messieurs qui met toujours Kate mal à l'aise. Au passage, Helen aura souillé les vêtements de celles et ceux qui ne lui auront pas opposé assez vite la fermeté de leur poigne ou le bouclier modeste de leur serviette. Elle éternue sur les rôtis, érafle la croûte parfaite des *pies*, disperse le sucre précieux sur le sol. Sa propre assiette est souvent laissée vide, personne ne prend la peine de la servir tant son appétit n'est que chapardeur.

Le menu est identique à celui des autres matins, à peine amélioré. Kate a été priée de faire passer le curieux appétit nordiste pour le pain en tranches acheté dans le commerce, dévoilé dès le premier jour par la nouvelle venue. On n'avale chez les Keller que ce qui vient de chez les Keller, a répété Arthur.

Œufs, lard grillé, pommes de terre rôties, *Parker House Rolls*, confitures, beurre, thé, café, biscuits et petits pains maison ont été comme à l'habitude disposés sur la table. Virginia a fait griller les écureuils abattus l'autre jour par James et les fils Vandever, Rena a ouvert un bocal de compote de prunes.

Kate est tendue.

Au début de la semaine, personne ne prêtait attention au manège de la petite sauvage et voilà qu'aujourd'hui tous la suivent d'un regard incrédule.

Miss Sullivan les observe. Sa tête pivote par à-coups, pareille à celle d'un oiseau, suivant le chemin de l'enfant et les réactions que provoquent ses assauts.

Helen en est à mi-parcours de sa ronde, éparpillant à pleines mains les quartiers de pommes de terre que James vient de se servir. Dans le souci louable de détourner l'attention, Evaline commente à tort et à travers les habitudes de Virginia en matière de cuisson du gibier. Leur ancienne cuisinière faisait frire les écureuils comme personne. Kate défend mollement Virginia sans quitter sa fille des yeux. Elle n'a pas faim, ne mange rien, piquant de sa fourchette la nourriture dans les plats pour les disposer autrement, sans autre but que de donner contenance à ses mains.

Enfin, elle se lève et ramène Helen à sa place. Elle essuie ses doigts agités avant d'y glisser un petit pain entier puis dépose dans son assiette une large portion d'œufs et de porc grillé. Arthur claque de la langue avec autorité pour appuyer son initiative.

Oh, dit Simpson sans qu'on sache ce qu'il ajouterait s'il allait plus loin. Mais à peine Kate s'est-elle rassise et resservie de café qu'une chaise bascule en arrière. Helen est debout déjà, qui se dirige vers Miss Sullivan. Helen est un frelon que nul ne pourra dompter. Penchée en avant pour protéger son assiette, usant de coups brefs et adroits, Miss Sullivan interdit tout accès à son territoire. Autour de la table, les autres corps s'immobilisent, le silence se fait.

Voilà qu'on les a fait sortir. Au milieu du petit-déjeuner. La bouche pleine de pain et les lèvres encore beurrées de jaune d'œuf.

Kate est seule au salon. À l'heure qu'il est les autres ont tous disparu, pressés par des rendez-vous extérieurs ou le désir d'échapper à ce qui s'annonçait. Arthur est parti travailler une heure plus tôt que d'habitude. Dieu sait où se trouve Evaline, parfois elle s'évapore, ou est-ce parce qu'on ne veut plus voir cette femme qu'on ne la voit plus. Debout au milieu du tapis, les bras le long du corps, Kate fait face à la porte de la salle à manger derrière laquelle retentissent les bruits.

La peur, soudain, lui revient du passé, cette crainte irraisonnée des soldats de l'Union qui, croyait-elle à sept ans, menaçaient à tout moment de ravager la plantation de son père. Ils entreraient chez les Adams en hurlant, humilieraient, tueraient. Ce qui remonte de terreur et d'enfance est là aujourd'hui, dans la maison de Tuscumbia, rougeoyant.

Les bruits sont différents de ceux des jours précédents, car plus proches et plus explicites. C'est comme si elle pouvait voir à travers le bois. Elle sait les objectifs, énoncés au début du petit-déjeuner, elle n'a plus qu'à imaginer les gestes qui correspondent.

Helen va apprendre à se tenir à table, a dit l'autre. Elle doit laisser les gens tranquilles pendant leur repas, rester assise à sa place, manger avec une cuillère, nouer sa serviette autour de son cou, la replier et la poser sur la nappe avant de se lever quand tout est fini. Elle doit faire, elle va faire, ce que nul ne lui a jamais demandé et qu'elle n'a donc jamais fait.

Kate est assaillie par la porte. De l'autre côté, les pieds d'Helen qui tambourinent, ses cris étranges et lugubres, les chaises poussées, renversées, la ferraille et la porcelaine, les ahanements, la suffocation de deux volontés ennemies. Elles se battent. Elles ne s'empoignent plus, elles se battent.

Voilà, se dit-elle, et le sang cogne à sa bouche. Une femme se bat avec ma fille, comme au-dehors les hommes saouls.

Priés de quitter la pièce par Miss Sullivan voici près d'une heure, les garçons sont partis les premiers, raflant une poignée de biscuits au passage sans prononcer un mot, tandis qu'à la seule force de sa colère Helen chassait les autres. Sa tante puis ses parents se sont levés et dirigés vers la sortie, Kate poussée par Arthur vers le salon bruissant de lumière. Laissons-les, a-t-il dit. Viens. Il lui a pris la main.

Au moment où la porte se refermait, elle aurait pu s'opposer, au moment où la clé a tourné de l'autre côté, elle aurait pu s'écrouler. Bien sûr elle n'a rien fait, rien dit, elle s'est durcie, tenue.

Et voilà qu'elle est là, à quelques pas de sa petite fille, son front à toucher le bois sans le toucher pourtant, dans la violence d'un espace sans paroles et sans yeux.

À l'issue d'un silence plus long, elle risque un index, frappe deux coups, à peine, et polis.

Miss Sullivan, dit-elle comme la veille. Miss Annie.

Elle articule sans laisser paraître, espère-t-elle, l'ampleur de son désarroi. Miss. Rien, là-derrière, ne semble troublé par son intervention, la vague reprend et déferle, inchangée, les grognements d'Helen se mêlant au souffle exaspéré de l'autre. Qui ne cédera pas. Kate le comprend à cette seconde. La Yankee ne cédera jamais. Il faudra la chasser d'ici, ou bien elle brutalisera leur fille pendant des jours et des jours jusqu'à la briser.

Ils sont plusieurs, en ville, à avoir engagé une domestique d'origine irlandaise. Les Williams. Les Abernathy de Lafayette Street. Les vieux Vandever. Leur verdict est unanime. Pas mieux que les Négresses, ont-ils dit. Pas pire, mais pas mieux.

Arthur va payer illico à cette fille ses vingt-cinq dollars et elle déguerpira. Les longues promenades vers le débarcadère leur seront rendues, les roses à pleines mains, les berceuses mimées. Elle va frapper contre le bois de cette porte et tout va s'arrêter, elle va retrouver une respiration normale, une vie normale, reprendre entre ses bras ce qu'elle a construit, de si fragile et si mystérieux. Helen n'a pas besoin de savoir enfiler des perles et encore moins de plier sa serviette. Peu importe la façon dont elle mange si elle mange à sa faim. C'est pourtant pour cela qu'elles se battent. Une assiette. Une serviette.

Qui pourrait supporter de telles images et de tels bruits. Qui.

Quelqu'un frappe sa fille. Quelqu'un qu'ils ont prévu de payer pour ça.

Miss Sullivan, dit-elle à nouveau, et d'une voix plus vive. Elle tourne la poignée sans pouvoir ouvrir. Si elle parvenait à entrer, Helen se jetterait à l'intérieur d'elle, elle le sait. Elle frotterait sa main sur sa joue. Dans la pièce, le silence se ferait, le calme et la belle lumière.

Si elle entrait mais elle n'entre pas.

Car on l'emporte. Evaline est apparue derrière elle, à moins qu'elle ne se soit tenue là depuis le début. Evaline qui l'entraîne vers la cuisine avec une force inimaginée, la rabrouant, allons, dit-elle, allons, comme à une enfant. Evaline qui ne peut savoir, car elle n'a ni ventre vidé ni sang dans la bouche, savoir à quel point de l'autre côté la lutte a débordé.

Kate est revenue s'asseoir sur le sofa depuis un petit moment quand, enfin, la clé se décide à tourner dans la serrure. La porte s'ouvre et Miss Sullivan s'enfuit aussitôt vers sa chambre à l'étage.

Elle l'entend qui sanglote, comme on tombe, tandis qu'Helen, de son côté, se précipite dans le jardin. C'est une échappée générale.

Élève et maîtresse sont toutes les deux hors de sa vue mais Kate n'en rejoint aucune. Elle se lève et pénètre dans la salle à manger d'un pas incertain. Ne voit rien de la pièce tourmentée, des objets cassés, déplacés. Du champ de bataille. Elle s'approche de la table, puis de la place de sa fille devant laquelle la chaise est à terre. Elle avance la main. Le tissu a la couleur exacte de la rose Perle des jardins, mais il est froissé, teinté de marmelade.

Elle pose ses doigts sur la serviette. Posée là elle aussi, juste à côté de l'assiette vide. La serviette d'Helen, la serviette pliée.

Sans oser, interdite, elle observe de loin l'enfant dans le soleil, immobile près des rangées de buis. Sa figure est floutée par les traces de la pluie sur les vitres. Elle la regarde, comme si sa fille était une autre fille, là-bas, dans l'allée. La fille de quelqu'un d'autre.

Elle ne sait pas si c'est une victoire qui vient d'être remportée, ou le début d'une longue glissade vers un inconnu effrayant.

18.

Elle tourne autour de ses roses, dont certaines sont déjà en bouton, les scrute les sourcils froncés. On dirait qu'elle leur veut du mal. Elle prend Mildred dans ses bras, minuscule, la nourrit nerveusement, embrasse la peau bleue de son front et rappelle Ollie, elle n'a plus de patience. Elle voudrait être ailleurs, dans la pièce d'à côté et puis dans la suivante, dehors si elle est dedans, courant derrière la vie qui cet hiver était encore la sienne. Elle piste l'autre et ses petites dents en avant comme Percy les opossums autour du poulailler. Dissimulée derrière les rideaux, elle voit Helen rejeter ses avances et esquisse un sourire lorsque Miss Sullivan, rabrouée, culbute en arrière et tombe dans la terre ou dans l'herbe. Elle surveille les pas au-dessus d'elle à l'étage, les suit au verger, à l'écurie, au potager, au bûcher, elle n'est que guet, et qu'épuisement, elle est suspendue au milieu des pièces, elle flotte autour de la maison, les mâchoires serrées.

L'obéissance et l'amour. Voilà ce que l'autre espère obtenir de sa jeune élève. Elle l'a dit. Elle doit penser que l'amour s'apprend.

Kate est en mille morceaux et pourtant elle offre à tous un visage avenant. Elle sourit, elle sait si bien sourire. Et quand elle n'y tient plus, c'est-à-dire trop souvent, elle se glisse entre élève et maîtresse, abrégeant les leçons et séparant les mains. N'intervenez pas, lui dit-on. S'il vous plaît. Laissez-nous.

Mais elle aide à boutonner les bottines quand Helen est priée de s'en débrouiller, ramasse le peigne que la rage a jeté au loin pour le fourrer entre les doigts cabrés. Elle est un chien qui rapporte sans jamais se lasser le bâton lancé, comme s'il s'agissait d'un jeu et non d'un affrontement vital. Au beau milieu des leçons elle a soudain besoin de sa fille pour trier le linge et cueillir les radis, elle la prend, l'emporte, la caresse, essuie sa morve. Elle est seule à pouvoir être aimée de la petite furie. Car pour s'en faire obéir, Miss Sullivan doit user de la force ou la priver de ce à quoi elle est attachée, modestes bijoux, poupées, sucreries, manifestations de son attention. Elles en viennent aux mains au moins vingt fois par jour sans que rien ne s'apaise. Kate est au supplice.

Arthur, de son côté, ne réagit pas mieux. Lui qui n'a jamais supporté d'entendre sa fille pleurer une seconde, cède à tous les coups. Tu es pire que ta femme, lui lance Evaline, et elle a raison. Avec sa force d'homme, de maître de maison, d'employeur, il dit non quand Kate parvient encore à se retenir, il enlève Helen, ferme la porte au nez de Miss Sullivan qui le poursuit en trottinant dans sa large robe bleu lavande.

Et le soir dans la chambre, au coucher, il soupire avec

Kate. Ils sont inquiets l'un de l'autre autant que d'Helen et de son Irlandaise. Ils ont peur de ne pas tenir. Chaque matin, l'autre les rabroue sans détour, laissez-moi faire à la fin, leur dit-elle encore, laissez votre fille trouver l'amour et l'obéissance avec moi.

Mais comment pourraient-ils, ils se débattent, les ouïes ouvertes comme celles d'un couple de perches qu'on aurait jetées sur la rive.

Et pourtant, si Kate réfléchit posément, ce à quoi elle s'essaye, il faut admettre que plusieurs points se sont améliorés. À table, Helen se tient mieux. Elle passe la majeure partie du repas assise et à sa place, une cuillère à la main. Elle est parvenue à monter des colliers dont la structure, de plus en plus complexe, fait l'admiration de tous, elle a cousu de fil rouge et rose des cartons percés à l'avance. Ses cheveux sont plus soignés, ses mains moins sales, ses ongles coupés ras pour adoucir les griffures, ses pieds chaussés et ses lacets noués.

Mais quand le capitaine, désireux de détendre l'atmosphère, laisse entendre à Miss Sullivan qu'elle a enseigné à sa fille bien davantage qu'il n'avait cru possible, l'autre se fâche. Elle se met à japper. Allons ! dit-elle. Ce qu'Helen sait faire aujourd'hui est à la portée d'une enfant débile !

Et dans ses yeux, fatigués par l'effort, larmoyants, Kate lit ses pensées quand leurs regards se croisent. Que veulent donc ces parents impossibles ? Quelle est leur ambition ? Qu'on cesse simplement de les considérer avec pitié ou avec agacement, que la mère puisse garder des années un bébé accroché à ses jupes ?

Le mardi matin, Miss Annie demande un entretien. Elle est là depuis bientôt une semaine et il est évident, absolument évident, que sans nouvelles dispositions elle ne pourra mener sa tâche à bien.

Je sais à quel point les choses sont difficiles, pour vous tous, dit-elle à Kate. Mais si vous vous mettez sans cesse entre nous, vous le voyez comme moi, c'est un cirque, et c'est infaisable.

Kate se risque. Pourquoi ne pas s'en tenir au langage qu'elle connaît ? La petite le maîtrise parfaitement. Son père, ses frères et la plupart des domestiques le comprennent. Si par ailleurs elle se tient plus tranquille et se comporte civilement, n'est-ce pas une solution acceptable ?

La figure de Miss Sullivan se brouille de colère et Kate sait, malgré elle, que l'autre a raison.

Comment, parmi leur batterie de signes rudimentaires, Helen réussira-t-elle à faire figurer l'abstrait dans ces conditions ? Ce ne sont pas à proprement parler des *mots* qu'elle utilise. Ce sont des outils de contentement. Comment exprimera-t-elle la différence de goût, de toucher, entre un objet et un autre, une pêche et une prune ?

Kate a-t-elle donc abandonné l'idée qu'Helen écrive un jour des lettres sur une feuille de papier, à l'encre bleue ? lui demande encore la jeune femme en haussant la voix. Qu'elle leur raconte ce qu'elle a fait dans le jardin ou ailleurs pendant la journée ? Qu'elle apprenne les mathématiques ? Elle en est capable ! Elle en est parfaitement capable !

Faut-il refuser que cette enfant *pense*, à la fin, et le fasse savoir ?

La conclusion vient d'elle-même : Miss Sullivan demande à s'isoler quelque temps avec son élève. Loin d'eux. Loin d'elle. Il faut maintenant qu'elles partent. Elle ne le demande pas, elle l'exige. Elle fixe Kate et ses yeux sont deux pierres insolentes et bleues. Elle va l'emmener. C'est sa condition.

19.

Arthur fait atteler le buggy et Evaline aide sa nièce à s'y installer juste à côté de lui. Kate, elle, ne prend pas part aux préparatifs.

Elle reste avec Percy devant le poulailler, à bonne distance, et ils parlent des oies. La plupart sont nerveuses et l'une semble très malade. Percy expose ses doutes et ses théories sur le sujet et elle le dévisage comme si les mots qu'il prononce n'avaient pas de sens.

Arthur est en train d'emmener son enfant. Sur le buggy et sans bagage. D'ici une minute ils s'ébranleront pour un voyage d'une heure. Ils tourneront en rond avant de pénétrer par l'est dans la propriété d'Ivy Green, aujourd'hui occupée par la famille de leur nièce. Habilement, contournant les granges et le fond du verger, Arthur poussera jusqu'à l'ancien quartier des esclaves, dont plusieurs baraques tiennent encore debout et où vivent à présent les domestiques de Jack et Leila Lasseter.

Ils iront vers les noyers blancs, longeant la zone marécageuse, frôleront les haies de roses Cherokee dont Helen reconnaîtra sûrement les parfums. Son père se jouera alors des repères anciens en bifurquant vivement vers chez les Gribbs, où on ne va jamais parce qu'on ne les aime pas depuis des décennies sans savoir pourquoi.

C'est lui qui a eu l'idée de ce stratagème. Lui qui, pour finir, ira perdre sa fille dans les bois. Le buggy évoluera dans un territoire absolument vierge de la moindre odeur familière. Jerry trottera ou plutôt marchera de son pas tranquille pendant un quart d'heure encore. Et quand Arthur jugera sa fille prête, c'est-à-dire suffisamment désorientée, ils rejoindront le cottage par la piste du bas.

Malgré les quelques années qu'elle y a passées, la petite ne reconnaîtra pas Ivy Green. Son père la fera descendre devant la terrasse comme en territoire inconnu. Miss Annie sera là, postée sur le seuil. Elle la lui prendra, et il rentrera seul par le chemin le plus court.

La veille, leur décision prise, Kate est venue arranger le petit cottage avec l'accord des Lasseter, puisque c'est du couple nouveau formé par Leila et son mari que les lieux dépendent aujourd'hui. Yates et Hilliott y ont apporté des affaires et déplacé les meubles qui s'empoussiéraient là depuis le départ des Keller après la maladie. Helen y est retournée parfois les années suivantes, a relevé James, elle se souviendra peut-être de leur disposition. Avec elle, tout est possible.

La femme de chambre de Leila a aéré le matelas sur lequel la petite est née, et Kate l'a aidée à briquer les deux pièces en moins d'une matinée. Les vitres de la baie étincelaient dans le soleil. Percy dormira sur une paillasse dans la plus petite chambre et leur sera dévoué jusqu'à leur retour prochain. À chacun des repas, il leur portera le plateau que Leila fera préparer par sa cuisinière, plus proche que celle des Keller, dont la maison se trouve à plusieurs centaines de mètres de là.

Kate a rangé les vêtements de sa fille dans un tiroir de la commode. Deux robes, des sous-vêtements de coton, un tablier propre et raccommodé, un mouchoir brodé qu'Helen aime appliquer sur son nez pour singer sa mère. Dans un berceau de bois elle a placé ses poupées avec soin.

Ils vivront donc là tous les trois pendant quelque temps. Kate a proposé les services d'une nurse, mais Miss Sullivan les a refusés. Je n'ai pas besoin d'une Négresse paresseuse et stupide, a-t-elle répondu en secouant la tête. Et puis ces mots, qui ont frappé Kate : je veux que cette enfant dépende de moi pour tout.

Les voilà donc en route. Helen, innocente, doit se réjouir de la promenade et le faire savoir à son père, l'embrassant par à-coups, sans se laisser tenir. Les minutes en tête à tête avec lui sont si rares. Kate l'imagine au long du chemin, goûtant l'air sucré de mars à figure déployée.

Devant le poulailler, immobile, projetée loin là-bas, elle devine sous ses pieds les gravillons rebondir sous les roues du buggy. L'odeur de Jerry occupe l'espace de ses narines tandis que résonne dans ses os le rythme alourdi de son pas. Les mouches excitées courent sur la peau nue de son cou sans qu'elle les chasse.

La blanche, dans le coin là, voyez, va crever sans doute.

Quand elles mettent leur tête de cette façon drôle, c'est qu'on peut être sûr, elle tiendra guère jusqu'à dimanche. Hein. C'est ce qu'on dirait.

Et Percy, recueilli, suit du regard le pas contrarié de l'animal à l'intérieur de l'enclos, le plumage de son cou qui semble une fourrure de chat, souillé de boue rougeâtre. Il hoche la tête à mesure que l'idée de la mort de l'oie se fait place dans sa tête. Kate remarque sur son bras une plaie vilaine et longue.

C'est ce qu'on dirait, répète-t-il pensivement. Jusqu'à dimanche.

Au début, le capitaine était opposé à l'affaire. À peine Miss Sullivan avait-elle tourné les talons que Kate était venue lui parler, et il avait bondi. Il était hors de question d'abandonner leur fille aux mains d'une étrangère, dont l'accent nordiste et les manières impertinentes ne présageaient rien de bon depuis la première heure. Avait-on jamais vu une femme leur tenir tête ainsi ? Après ce que leur armée leur avait fait, à eux, après ce qu'ils avaient pris pendant toute la guerre, Dieu sait quel tour leur réservait cette Yankee. Elle finirait par blesser Helen, elle introduirait la peur dans son âme. Qui peut comprendre à quoi ressemble une vie sans rien voir et sans rien entendre ? Qui ? Croyait-elle vraiment avoir cette supériorité sur eux ?

Il soulevait les talons en grondant pour conclure chaque phrase. Kate regardait son ventre comprimé par le gilet brun, ses lèvres luisantes et ses joues rosies de colère. Elle s'était levée, approchée de lui.

Elles s'installeront dans le cottage, avait-elle dit d'une voix ferme. Elle ira. Je la lui confie. Nous la lui confions.

Et le capitaine, stupéfait, avait laissé retomber ses bras.

Ça ne durera que quelques jours, le temps de dénouer la situation. Miss Sullivan, prudente, a suggéré huit ou dix, Arthur a cédé pour une courte semaine.

Kate leur donne le lit d'autrefois, le cottage à côté duquel le rosier Pâquerette s'était desséché sans grandir, les espoirs du début. Elle a dit prenez soin, elle a dit je n'ai jamais été sans elle.

Mais elle a dit oui.

Percy. Il chantonne, de sa voix très basse. Ses yeux sont dans les oies. Kate a besoin de ce garçon-là, de sa vigueur et de son calme, elle a besoin de son adresse à contrôler les bêtes. Il a promis de la prévenir si les choses, là-bas, tournaient mal. Je viendrai, Mam, je veille sur Miss Helen et sur l'oie qui habite ici avec vous. Pour sûr, Mam, je viendrai.

Il est grave et pensif. Gonflé d'une subite importance. Il ne sourit pas, Percy. Il contemple les oies avec une intensité peu commune, frottant son pied nu d'avant en arrière dans la terre. Une mouche traverse son poignet, brillante comme un bijou, s'avance vers la cicatrice purulente.

Cette plaie, sur ton bras, comment, d'où vient-elle, et elle n'écoute déjà plus, seules importent après tout ses propres blessures. Elle tend vers l'épaule du garçon le bout distrait de ses doigts, ils doivent attaquer le chemin rouge, là-bas, vers la rivière, il est plus de trois heures. Elle le dit, doucement, il est plus de trois heures, et ses mots se tissent au lent chantonnement du garçon.

Trois heures ? Percy sursaute après coup, comme si, soudain, la morsure des mouches se faisait sentir sur sa peau. Trois heures, vrai ?

Abandonnant la basse-cour et Kate à leur sort, il se précipite sans saluer en direction d'Ivy Green où Miss Sullivan les attend déjà. Il sera à son poste quand la jeune demoiselle arrivera, déposée face au bungalow, à l'autre bout du monde. Et vers six ou sept heures, comme on le lui a demandé, il viendra chercher le dîner dans la cuisine de Madame Leila.

Lorsque la silhouette du garçon a disparu derrière la haie, elle s'efforce de visualiser les adieux du père à sa fille. Arthur est censé ne pas trop les marquer pour éviter d'inquiéter Helen. Il a promis de lui baiser seulement le sommet de la tête avant de la remettre à son institutrice. Kate voit la véranda croulant sous la vigne et la clématite qu'elle a plantées il y a bientôt dix ans. Elle s'était tant morfondue dans ce cottage, au début de son mariage. Qu'avait-elle fait en acceptant de suivre cet homme, se demandait-elle déjà à l'époque. Qu'avait-elle fait.

Arthur remontera sur le buggy et la large croupe de Jerry s'élancera mollement devant lui. Elle imagine l'allure sombre de son mari tandis que de sa badine il titillera le vieux cheval pour qu'il reprenne le trot. Son air démuni, enfantin.

Devant elle, avertissant de l'arrivée de Virginia, les oies décochent les flèches de leurs cris douloureux.

Vous avez vu l'oie ? demande la cuisinière.

Elle a vu.

Ça va aller, dit-elle en relevant la tête. Et elle suit Virginia, docile, jusqu'à l'entrée du cellier. Elles vont se charger elles-mêmes de certains repas au cottage, annonce Virginia. Un hors-d'œuvre, un plat froid et l'un des nombreux desserts dont Helen raffole. Elle va consoler la demoiselle avec du sucre, les consoler mère et fille avec sa bonne nourriture. Percy viendra chercher le plateau un soir sur deux et le portera prudemment sur les quatre cents mètres qui séparent les deux maisons. Elle a déjà tout prévu et Kate, reconnaissante, se retient de lui prendre la main.

Arthur va passer tous les jours voir sa fille en allant et revenant de son bureau en ville. Il n'entrera pas. Regardera à travers la baie dont Miss Sullivan a accepté d'ouvrir les rideaux dès huit heures chaque matin. Il sera cette ombre derrière une vitre à laquelle il est interdit de cogner. Si maîtresse et élève se tiennent sur la véranda à son arrivée, il gardera ses distances pour ne pas se faire repérer. Helen est capable de détecter une présence à plusieurs dizaines de mètres. Miss Annie se débrouillera pour communiquer avec lui, avec le concours de Percy. Elle le tiendra au courant de ses avancées et des problèmes éventuels. Et mardi prochain, ce sera fini.

20.

Elle a prévenu dès le début qu'elle se mettait en quarantaine. Elle ne viendra pas au cottage. Ne viendra jamais.

Les jours passent et elle s'y tient. Elle reste en retrait, loin d'Ivy Green, même si le mardi au coucher du soleil, sa fille ne lui est toujours pas rendue. Le séjour se prolonge donc, les nuits s'ajoutent aux nuits, aiguisant la douleur de la séparation. Mais elle ne trahit pas, laisse les mains libres à la jeune femme ainsi qu'elle l'a promis. Si elle s'approchait de ce qui se trame dans son ancienne chambre, si elle voyait la silhouette désolée de sa fille et les dents en avant de l'autre, elle ne pourrait se retenir. Elle en est certaine. Elle sait ses limites, alors elle se tient sage et à bonne distance.

Au poulailler, la situation s'est détériorée. L'oie malade est morte, suivie de deux autres. Hilliott est chargé d'abattre les quelques têtes qui survivent encore, par crainte de la contagion, et Percy, qui tente de l'en empêcher, est roué de coups par son père. Kate sait que les carcasses, loin d'être brûlées ainsi qu'elle l'a ordonné, seront réparties et mangées par les familles de ses domestiques et ceux de Leila.

Helen se nourrit beaucoup moins depuis son déménagement, rapporte le capitaine après ses visites journalières, mais elle engrange de nouveaux mots. Miss Sullivan a eu l'idée de les enseigner aussi à Percy et une sorte de compétition s'est installée entre eux, poussant sa fille à mieux faire. Arthur est frappé par l'évolution de son attitude : elle veut plaire à son institutrice et ne se met presque plus en colère.

Comme elle est calme, si tu la voyais, dit-il en rentrant chez lui. Elle n'est plus la même.

Kate s'inquiète. Helen a toujours eu un appétit d'ogre. Voyant un soir son assiette revenir quasi intouchée, Arthur regrette de s'être laissé convaincre. Ils veulent la reprendre.

Il pleut trois jours de suite, puis le soleil revient, presque chaud. Les Général Jacqueminot se couvrent d'oïdium. La crème glacée fond dans le bol tandis que Percy la transporte entre les maisons. James parie qu'il la lèche en chemin. Virginia force sur le miel. Ses pommes de terre rôties ruissellent plus que jamais de saindoux.

Kate relit Balzac pour garder patience. Elle coud pour ses filles, brode, raccommode des chaussettes et des cols, renforce des boutonnières. L'un de ses seins s'engorge, elle songe avec tristesse à interrompre l'allaitement de Mildred, puis les choses s'arrangent. Elle dort mieux. Le rapace qu'elle a cessé d'attendre ne vient plus crier dans la nuit. Elle cuit des pissenlits dans plusieurs eaux pendant des heures sans qu'ils perdent leur amertume, s'épuise dans le potager aux travaux de la terre puis discute avec Virginia du bien-fondé de servir l'omelette à la laitue sautée avec du vinaigre. Elle poursuit aussi ses recherches d'un oculiste capable de sauver ce qui reste peut-être de la vision de sa fille, même si ceux qu'ils ont consultés, exceptés un ou deux dont la réputation de charlatans n'a pas tardé à éclater, leur ont conseillé d'abandonner tout espoir.

Et elle marche vers le débarcadère comme du temps de leurs échappées, dans le scintillement des lumières de fin d'après-midi. Le chemin lui semble plus long et elle s'y sent curieusement épiée, accélère le pas et s'arrête pour voir et pour écouter. Elle jurerait que quelqu'un l'accompagne, mais à aucun moment Helen ne finit par jaillir des rhododendrons. Elle est seule dans la grande odeur du fleuve Tennessee. Les larmes peuvent monter.

Autour d'elle, les autres vivent aussi la vie qui continue. James et son père font un jour une pêche miraculeuse, Simpson se blesse à l'annulaire avec une épine de rosier ou avec un couteau – Kate n'a pas écouté –, Ollie est aperçue un soir dans un lieu mal famé de la ville.

Dans sa chambre, elle étudie la planche exposant les positions de doigts de la langue étrange que commence à parler sa fille. Miss Sullivan en enchaîne les mouvements de manière fulgurante. Si leur réelle maîtrise devenait nécessaire, Kate n'atteindra jamais ni son aisance ni sa rapidité.

Percy, lui, est venu en cuisine montrer les quelques mots qu'il sait dire avec cet alphabet. Il ne se débrouille pas si mal. Il a l'âge d'apprendre. Quand Kate lui demande si sa fille semble triste, il hésite. Le soir, dit-il, je fais du feu, elle a chaud.

À l'heure d'envoyer le garçon porter le repas au cottage, elle ajoute de petits cadeaux, imaginant un langage codé dont les mots diraient sa prière : que sa fille continue à l'aimer, à la sauver de tout. Messages de brindilles de pin prélevées sur le chemin vers l'eau, boutons, pétales des premières roses. Mots d'odeurs, de buis, de pollens, de lierre et de bourgeons. Mots de sauvages que l'autre ne saura pas lire. Kate les glisse sous le rebord de l'assiette avec gêne. Elle n'est pas sûre qu'ils parviendront jusqu'à leur destinataire mais s'obstine, car c'est à elle aussi que ces cadeaux s'adressent, à la mère qu'elle espère être encore.

Vers la fin de la deuxième semaine, le capitaine fait demi-tour après sa visite matinale. Il est en colère. À travers la vitre, il a vu sa fille prostrée sur le tapis, en chemise. Il décrit sa pâleur, les poupées confisquées, posées en hauteur avec le petit-déjeuner. Par le biais de Percy il a réussi à avoir des explications. Helen, refusant de s'habiller seule, a été privée de jouets et de nourriture par Miss Annie.

Il s'inquiète. Il veut la reprendre, mais une fois de plus Kate le convainc de patienter encore.

La femelle setter accompagne son maître le quinzième jour et pénètre dans le cottage, laissant Arthur caché à l'arrière. Il se demande si Helen reconnaîtra sa vieille camarade, et bien qu'elle soit pour l'heure en pleine toilette de sa poupée, il ne lui faut pas trente secondes pour la renifler. Autour d'elle, raconte-t-il plus tard, j'ai vu toutes les choses, les ouvrages qu'elle a réalisés elle-même. Des cartons cousus, des chaînettes de crochet, des colliers et même des pièces de tricot.

Intriguée, la petite a tendu les bras dès l'irruption de l'animal, comme elle le fait toujours pour s'enquérir des présences, puis, ne rencontrant rien sous ses doigts, s'est levée pour inspecter la pièce. Belle ne bougeait pas, qui avait déjà eu maille à partir avec l'enfant et n'était pas pressée d'en reprendre. Mais Helen a fini par trébucher sur elle et l'a reconnue aussitôt, l'enlaçant avec passion. On voyait à quel point elle était contente de la retrouver, dit Arthur. Elle s'est assise à ses côtés, figure-toi, lui a saisi la patte gauche et est restée une bonne minute à lui tripoter les griffes.

En retrait, invisible, il se demandait à quoi rimaient ces manigances et échangeait à travers la vitre des regards circonspects avec Miss Sullivan. Et puis le visage de la jeune femme s'est éclairé, elle venait de comprendre. Helen était en train d'épeler le mot *poupée* à son chien.

Autour de la table, alors qu'il décrit la scène en mimant les gestes, ils se mettent tous à rire, et Kate rit aussi.

Ils s'enthousiasment. Simpson aimerait voir ça de ses propres yeux. Ils veulent la reprendre.

Evaline avait raison, la petite sauvage qu'on voulait envoyer à l'asile s'est bel et bien transformée en élève. En leur absence, elle est devenue patiente. Elle apprend, accepte de se tenir une minute entière sur les genoux de son instructrice, sans toutefois, et c'est heureux, lui retourner ses caresses. Les mouvements de ses doigts se sont fluidifiés. Elle ne sait peut-être pas qu'ils composent des mots, mais elle est capable d'en épeler une dizaine. Une émotion nouvelle, mélangée de fierté et de crainte, ruisselle en Kate comme un alcool sucré. Il faut vraiment qu'elle apprenne à signer elle aussi.

Le dix-huitième jour est le troisième dimanche sans leur fille, ils veulent la reprendre. C'est au tour de Miss Sullivan de céder, vers cinq heures du soir ils entrent dans le cottage tous les deux. Ils la reprennent.

21.

Frank, le frère aîné d'Arthur, est venu leur rendre visite quelque temps. Après le repas, au salon, on parle sans fin de la perception qu'Helen a des mots depuis son retour d'isolement.

Miss Sullivan fait une démonstration. Elle aligne sur un guéridon une tasse, une poupée, un verre, une bougie, une clé, un chapeau et épelle leur nom l'un après l'autre dans la main d'Helen qui s'empresse de les désigner. Elle ne se trompe jamais, n'hésite qu'à peine. Puis le jeu reprend à l'inverse, elle palpe les objets avant de les signer dans la main qui l'écoute. Le hochement de tête de Miss Sullivan – peut-être menteur, insinuera Frank après coup – confirme chaque fois la validité des réponses. Tous les quatre ou cinq mots, un morceau de gâteau lui est glissé dans la bouche pour la récompenser, et le ventre de Kate se resserre brièvement.

Devant la famille ou les invités de passage, devant Virginia et Rena, Helen fait et refait son numéro de chien savant, la tasse et le bol, le chapeau, le peigne, les doigts qui sautillent. Même s'ils ne maîtrisent pas l'alphabet manuel, ses frères demandent à entrer dans le jeu, avant de s'en lasser.

Helen est visiblement satisfaite de se trouver au centre des attentions. Elle tapote son propre poignet en signe de contentement après chaque exercice, et sa main va chercher le sourire ou le hochement approbateur de sa professeure avant de fondre sur les visages alentour.

Arthur, lui, est aux anges. Sa fille mange dans son assiette, une serviette nouée autour de son cou. Ses accès de colère se sont considérablement espacés, le ruban dans ses cheveux tient toute la journée. Et pour la première fois, Helen se soucie de l'avis des autres.

C'est comme si, dit-il à son frère, comme si le monde venait d'entrer dans cette enfant. Le monde réel, enfin, celui où nous nous trouvons tous. Nous n'étions le plus souvent que des outils pour elle, il faut bien le reconnaître. Nous voilà devenus des interlocuteurs.

À ces mots, Miss Sullivan hoche la tête sans chercher à dissimuler son sourire et Kate sait ce qu'elle pense. Si interlocuteur il y a, il ne s'agit sûrement pas de l'un de ses parents. Comme la jeune fille le souhaitait, Helen ne dépend que d'elle. Elle est liée en permanence à sa main mouvante et n'a de contact avec Jewel ou les petits-enfants de Yates qu'une heure par jour à peine.

Avec le beau temps qui s'installe, les leçons se cantonnent de moins en moins à l'intérieur de la chambre. Elles sont dehors plutôt que derrière la porte, et c'est un être à quatre mains et deux têtes qui circule dans le jardin ou les bâtiments annexes dont elles font quotidiennement la tournée. Un peu à l'écart, Kate les suit frénétiquement du regard. Elle se sent seule tandis qu'elles sont deux, peut-être même une seule à elles deux.

Malgré ses sarcasmes et le regard supérieur qu'il pose sur elle, Frank Keller est impressionné par la *petite Irlandaise,* ainsi qu'il l'appelle. Miss Sullivan est pourtant formelle : la véritable lumière n'a pas encore atteint l'esprit de son élève. Les suites de mouvements digitaux n'expriment toujours pas l'objet en question. Ce qu'elle entrevoit, explique-t-elle à Frank en fixant sa main pour qu'il la tende vers elle, c'est que si je dis ceci – elle signe un mot, à toute vitesse, comme pour abréger le contact avec la paume du vieil homme –, il faut montrer le *chapeau.* Et si je lui fais toucher le chapeau, elle doit agiter la main ainsi que je viens de le faire dans la vôtre. En réalité, ce à quoi elle est parvenue est encourageant mais n'a toujours rien à voir avec un langage. C'est un jeu auquel elle se plie pour obtenir une récompense, qu'elle soit symbolique ou non.

Frank hoche la tête et l'interroge.

Mais que comprend-elle de ce que vous lui dites, puisque apparemment – il sourit, goguenard – ce que vous pianotez là n'a pas pour unique objectif de la chatouiller ?... Et qu'est-ce que vous lui racontez, d'ailleurs ?

Ils se font face, et devant lui Miss Sullivan ne baisse le regard à aucun moment. Jamais personne, ici, n'a tenu tête ainsi à Frank Keller.

Je lui dis ce que je lui dirais si elle n'était ni sourde ni aveugle. Ce que je dirais à un enfant de son âge. Helen en a les capacités d'assimilation et d'imitation. Je lui décris les alentours, et ce que nous faisons, ce que nous allons faire, les noms des personnes ou des animaux que nous rencontrons. Je sais ce que vous pensez, Monsieur, et vous n'avez pas tort.

Aucun des mots que je lui ai transmis depuis plus d'une heure, par exemple, n'était connu d'elle. Mais je m'obstine à communiquer avec mon élève comme avec n'importe qui d'autre, en tout cas sans jamais la prendre en pitié.

Kate vient en renfort.

Quand dans leurs premières années tes propres enfants ont appris le langage, Frank, il s'est produit exactement le même phénomène. Ils ont été baignés de phrases auxquelles, pour commencer, ils ne comprenaient rien.

Oui, dit Miss Annie. C'est tout à fait ça.

Et Kate est surprise de ce qu'elle vient de dire, comme si l'avoir expliqué à son beau-frère lui permettait d'y voir clair. Ce que tous ils avaient pris pour une obstination sans motif coulait au contraire d'une logique imparable. Elle se sent, l'espace d'une seconde, fière de devoir défendre Miss Sullivan.

Est-ce la méthode de ce médecin dont mon frère m'a parlé ? Celui du livre ? demande encore Frank.

L'autre répond oui et se crispe. Elle répond non.

C'est en effet la base du docteur Howe, mais l'application est la mienne.

Frank fronce les sourcils. La discussion peut s'engager.

À la moindre tension, Arthur prend systématiquement le parti de son frère, et de l'alphabet manuel et des espoirs mis en Helen on dérive bien vite vers l'éternel sujet de la guerre. C'est maintenant entre ces hommes d'âge mûr et une toute jeune femme que le combat s'engage. Ou plutôt qu'il se poursuit entre Nord et Sud, Blancs et Noirs, employeurs et employés, hommes et femmes. Les yeux de Miss Sullivan flamboient, le ton monte. On ne s'entretient plus ni d'art ni de littérature, ni de fleurs ni d'enfants autour de cette table. On se lance à la figure les attaques traîtresses des soldats de l'Union, les femmes molestées, les horreurs perpétrées par les confédérés au camp d'Andersonville.

Quand cesserez-vous vos impertinences, Miss ? lance Frank du bout de la table.

À la seconde où l'un de nous deux aura quitté cette maison, Monsieur, répond l'autre.

Et elle se lève, sort de la salle à manger. Kate, admirative malgré elle, la suit au premier étage. Elle s'efforce de la calmer mais Miss Sullivan, écumante, jette déjà ses affaires dans sa malle béante.

Ici, vous le savez bien, la guerre est un sujet sensible, commence Kate.

Et elle lui dit les deux fils perdus par son beau-frère pendant les combats, son chagrin légitime et sincère. C'est un vieux monsieur que la vie n'a pas toujours gâté. Et leurs yeux se croisent, Miss Sullivan offre les siens mouillés, étincelants. Ils brillent de sa vie à elle, de ce qu'elle a traversé de douleur. Kate la félicite des résultats obtenus auprès de sa fille, lui sourit.

Jamais je ne pourrai supporter cet homme, marmonne la jeune femme. Ses révoltantes manières du Sud. Jamais, sa grosse tête de cheval. Jamais, ses pensées arrogantes, ses théories stupides.

Allons, Helen a besoin de vous, Miss Annie, lui dit Kate. Encore grand besoin. Et…

Elle hésite.

Et j'ai besoin de vous moi aussi.

Elle pose doucement la main sur la manche de la fille, et sous le tissu devine la peau qui vibre encore de fureur.

Miss Sullivan se mouche, soupire, elle va rester. Elle le doit bien à son élève. Dans les escaliers, Kate croise en redescendant sa fille venue justement aux nouvelles, qui parcourt le visage de sa mère pour chercher trace de ce qui vient d'arriver. Mais Kate sourit, comme toujours et avec élégance, elle sourit, effleure la joue de la petite selon leur rituel. Dans sa main, elle signe quelques lettres avec maladresse.

Entrant quelques secondes plus tard dans la salle à manger sans qu'aucun des deux hommes ne lui jette un regard, elle repense aux paroles prononcées à l'étage. Elle croyait alors ne vouloir qu'empêcher la jeune femme de partir. Mais elle n'a pas menti. Elle a vraiment besoin de secours. Besoin de cette autre.

Si vous voulez mon avis, cette fille est à moitié folle, dit Frank en remplissant son verre.

Il rit. À la lueur des chandeliers, sa grosse figure rousse qui bascule en arrière prend des reflets dorés.

Miss Annie a raison. Il est tout à fait *Jerry*, se dit Kate sans rien laisser transparaître de ses pensées. Jerry et les insupportables va-et-vient de sa mâchoire de cheval.

Je ne suis pas sûre, Frank. Cette fille, comme tu dis, est sans doute la moins folle de nous tous, dit-elle en se rasseyant.

22.

C'est *mieux*, dit-on d'Helen à l'unanimité. C'est *étonnant*. Et Kate est d'accord. Ce qui était farouche en sa fille s'est évaporé dans le cottage, ou du moins engourdi. Pourtant, après les effusions des retrouvailles et la découverte de ses nouvelles manières plus civilisées, des manques sont apparus, qui la troublent davantage qu'elle ne l'avait prévu. La faim de sa fille, sa hâte. Sa brusque grâce.

Elle se met à coudre. Dans l'urgence. Comme s'il fallait se dépêcher d'habiller cet enfant de neuf pour en récupérer une part du corps et de l'esprit. Et prendre le contrepied. Miss Annie a les travaux d'aiguilles en horreur – *Je préférerais casser des pierres sur la route du roi que d'ourler un mouchoir*, se plaît-elle à répéter –, tandis que Kate a bien progressé depuis l'épisode des premières chaussettes. Elle habille aujourd'hui ses deux filles de ses propres mains.

Elle hésite entre un tablier de percale et une robe festonnée dont elle a récemment vu un modèle. Elle pense aussi à Mildred, qui grandit et forcit. Fouillant dans ses malles dans la petite pièce à l'étage, elle ressort de vieux métrages apportés de Memphis avec son trousseau de jeune épousée. Elle n'a jamais pris le temps d'en établir un inventaire complet, il doit y rester encore de quoi faire son affaire aujourd'hui.

De l'autre côté de la cloison, Helen et Miss Annie wsws'activent dans la chambre, dans le silence troublant des leçons. Elles vont sortir dès que le calme sera revenu autour de la maison. Couvrant presque les aboiements des chiens, les voix de Frank et d'Arthur montent jusqu'à elle. Ils ont préparé les fusils la veille, James est prêt, d'autres vont les rejoindre. Ils seront une meute entière à partir dans une heure. Bon débarras. Elle a du travail. Il faut fouiller dans cette caisse jusqu'à tomber sur un coupon potable et suffisamment grand.

Et puis elle la trouve. Sa main la trouve.

Elle la tient depuis entre deux doigts sans comprendre, presque dégoûtée. C'est une vieille chose en tissu, aux teintes passées. Une chose crasseuse qu'elle n'a pas souvenir d'avoir glissée dans ses bagages à l'heure de quitter Union Street. Et pourtant, elle est là.

Il s'agit d'une poupée de tissu d'une trentaine de centimètres de haut, vêtue d'une robe de coton semé de minuscules points blancs sur fond bleu, ennuagé de zones décolorées. Le corps aux bras courts est dur tant il est bourré de crin, prêt à céder par endroits. La facture est grossière. Les cheveux sont rares et usés, la bouche brodée souriante, et les yeux, sans iris bien qu'auréolés de longs cils, expriment un contentement naïf. Lorsque Kate veut inspecter les jambes, la robe se renverse, un torse apparaît et c'est une seconde poupée, différente de la première, qui surgit alors. Une figurine au visage cette fois désolé, traversé de grosses larmes rouge sang. Une poupée noire.

Une poupée double, blanche qui rit et noire qui pleure.

Kate s'assied sur une chaise. Ou plutôt s'y laisse asseoir par sa trouvaille. Elle est sonnée. Les tissus qu'elle a tirés des malles sont des éventails autour d'elle, répartis sur le plancher, et la poupée est sur ses genoux, posée, ses deux têtes jaillissant de part et d'autre du jupon bouchonné. À contempler ses bras courts et fendus de trois doigts, à voir les fils qui en jaillissent, croûtés d'une salive si ancienne, une image floutée lui est revenue.

Dans l'obscurité trouée de rayons, dans la sellerie, dans les odeurs mobiles, Cora. Les mains de Cora. Cette chose en secret cousue par Cora.

Uh-huh, Trésor. Petite Katherine et tante Cora en une seule, lui avait-elle murmuré à l'oreille, se versant sur elle et puis l'engloutissant dans son ombre chaude, dans sa grande moiteur de travail.

Elle pose la main sur la poupée à deux têtes venue d'Arkansas. Ce corps réuni auquel elle ne pensait plus, mais qui raconte passé et présent quand les deux se mélangent. Et tout remonte. Les destins du visible et de l'invisible, enfin accolés. Elle l'avait emmenée partout, cette poupée, s'était endormie et réveillée si longtemps près d'elle. À l'époque, ni sa mère ni aucun des Adams n'en avait découvert la face clandestine sous le jupon, alors d'un bleu vif. Seul le visage blanc et souriant était apparent.

Ô Cora, serrant la petite fille comme uh-huh jamais

personne ne l'avait serrée. Ô Cora, ses phrases et ses bras. Hormis Kate Adams, et l'espace de quelques années seulement, cette femme n'avait jamais eu d'enfant.

Elle devait avoir six ou sept ans quand un soir, entre les licols et les brosses, Kate avait reçu cette poupée des mains de la servante. Elle l'avait gardée ensuite et chérie si longtemps, puis oubliée, sans doute à son arrivée à Memphis. Elle avait treize ans déjà, c'était une jeune fille.

Qui donc avait pu fourrer là la poupée à deux vies, sous ces kilos de lainages et de cotonnades ? Qui donc, se dit-elle, sinon la femme qui l'avait portée sur sa hanche bien plus souvent que sa propre mère ?

La voilà sur ses genoux, aujourd'hui. Comme si les choses s'étaient inversées et qu'elle y accueillait Cora. Elle sent l'odeur légère de la vieille poupée monter vers ses narines, en sent le poids sur ses cuisses, c'est un poids de rien et une odeur de tout. De l'enfance qui ne peut être dite mais se tient encore à l'intérieur d'elle, bien plus vaillante qu'elle ne l'aurait cru.

À côté, la porte de la chambre s'ouvre, et, à l'abri de la pièce de couture, Kate sursaute. Miss Annie parle à voix haute, comme si Helen pouvait l'entendre. Il doit être agréable de faire s'élever le son de sa voix pour se réconforter de temps à autre. Se tenir compagnie.

Enfin, élève et maîtresse s'engagent dans l'escalier et le bruit de leurs pas s'atténue. La pénombre de la sellerie de l'ancienne plantation revient flotter autour de Kate tandis que le soleil, haut dans le ciel, déverse à travers la lucarne un grand carré de lumière blanche.

La prochaine fois qu'elle ira à Memphis voir sa mère, elle parlera à Cora de sa découverte. Vieille Cora, tes cheveux blancs serrés sous ton vieux fichu. Elle lui en parlera peut-être. Vieille Cora, misère de tes mains douces. Si elle y arrive. Si elle se laisse faire. Vieille Cora du vieux temps. Elle lui dira que ce qu'elle a retrouvé là compte bien plus qu'une pauvre poupée.

Avant de descendre à son tour, chargée d'un coupon de coton aux fines rayures dans les tons de brun, elle enfouit la poupée au fond de la malle après l'avoir soigneusement enroulée dans un châle de laine.

Merci, souffle-t-elle en refermant la porte, si bas qu'à des centaines de kilomètres de là, seule une vieille servante noire aura pu l'entendre.

23.
MAI 1887

C'est arrivé il y a un mois exactement.

Depuis, Kate est remplie de ce moment-là. Le moment sidéré du début. De la manche trempée, de la main glacée. Quand elle s'y replonge, elle bascule légèrement en arrière tant l'émotion est forte.

L'eau. Le mot de l'eau. Elle ne cesse de se demander pourquoi. Pourquoi ce mot, et pas un autre. L'eau vers laquelle elles sont allées ensemble, si souvent, au débarcadère. Dans laquelle elles pataugeaient non loin de leur maison d'été, dans les sources froides.

Ce jour-là, dans l'après-midi, elle était occupée à pincer les plants de tomates au fond du potager. Elle s'était relevée, les vertèbres douloureuses. Le dessous de ses ongles était bruni de terre, ses doigts couverts de sève et du sang des chenilles écrasées sitôt débusquées sur les feuilles. Les moucherons étaient revenus flotter en brassées au-dessus des allées. Elle les a suivis du regard. Elle a toujours aimé les moucherons. Enfant, elle courait dedans à la nuit tombante, sans parvenir à en disperser les nuées. Les pois montaient bien et monteraient mieux encore si on les arrosait. Dans un seau, les graines de radis trempaient dans un fond d'eau de pluie. Yates allait pouvoir les semer le soir même.

Elle a tourné la tête en direction de la maison, et sans rien percevoir qui l'aurait alertée, sans rien entendre que l'habituel gazouillis de la proche basse-cour, elle s'est tenue figée pendant plusieurs minutes. À attendre. Comme si elle avait su. C'est ce que plus tard elle s'était dit. Su que ce qu'elle attendait depuis des mois venait d'arriver.

Mais c'était un mensonge, elle n'avait rien pressenti du tout, il est si facile d'interpréter après coup les silences et les instants de tourment attentif. Elle était simplement restée là, debout dans le potager, les mains sales, parmi les mouches et les haricots, sans rien faire d'autre qu'éprouver sa fatigue.

Et Virginia est apparue, à l'autre bout, près des rangées de courges. Le fichu jaune de Virginia par-delà les jeunes plants de tomates. Les bras levés de Virginia, qui battaient l'air sans qu'aucun son ne jaillisse de sa bouche. Kate a essuyé ses paumes et s'est dirigée vers elle, scrutant son visage pour comprendre si ce qu'il annonçait était bon ou mauvais. C'était difficile à dire, elle a su simplement qu'il fallait venir. Virginia ne s'avancerait pas d'un mètre supplémentaire. La cloche sonnait soudain et ça n'était pas l'heure du repas, la cloche sonnait, sonnait encore, comme pour annoncer la naissance d'un veau. Au bout d'une portion de terre qui, à mesure qu'elle marchait, semblait s'étirer sur des dizaines de pas, le fichu jaune de Virginia luisait comme une flamme.

Ça date de moins d'une demi-heure, a dit Miss Sullivan aux yeux écarquillés lorsque Kate l'a rejointe au pied du magnolia. Moins d'une demi-heure !

Enfin. Elle y était. Elles y étaient. Helen était entrée dans le royaume.

Kate a regardé sa fille à la manche mouillée, qui trottait les mains en avant autour d'elles, dans un état d'excitation intense.

Ollie était là, de côté, elle serrait Mildred dans ses bras et la regardait. Virginia la regardait aussi. Ses lèvres bougeaient. Le dehors était devenu le dedans, le dessous le dessus.

Miss Sullivan a pris une minute pour lui expliquer ce qui s'était passé.

Helen, comme ils le savaient tous, ne parvenait pas à faire la distinction entre un verre et ce qui se trouvait dedans. L'eau, le lait, le café ou le thé étaient systématiquement confondus avec leur contenant. Se rappelait-elle ?

Elle se rappelait.

Alors, prise d'une subite impulsion, agacée, Miss Sullivan avait entraîné l'enfant jusqu'à la pompe. Elle avait maintenu sa main sous le jet tandis que dans l'autre elle épelait sans fin les lettres du mot. À leurs pieds, la grille débordait e, a, u, e, a, u, e, a, u de gros bouillons froids.

Après deux ou trois minutes de ce manège, a rapporté Miss Sullivan, la figure d'Helen avait brusquement chaviré. C'était fait. La porte à l'intérieur d'elle s'était ouverte d'un coup, et en grand. Un mot pour chaque chose. Elle avait compris, et réclamait depuis cet instant qu'on lui nomme ce qu'elle trouvait sur sa route, les plantes et les objets, la pompe et le buis et le caillou et l'herbe. Regardez-la !

Miss Sullivan riait, les joues trempées de larmes. Exultait.

Lorsque Kate s'est approchée, Helen s'est jetée contre elle en grognant et dans sa main a fait galoper ses doigts. Les lettres explosaient entre ses phalanges à la manière d'irrépressibles spasmes. C'étaient des mots, des mots choisis. Pensés. La main de l'enfant était encore si glacée par l'eau de la pompe que, bouleversée, Kate l'a portée à sa bouche pour la réchauffer. Mais Helen, échappant au baiser maternel, la tête renversée d'effroi ou de ravissement, est repartie à l'assaut de Miss Sullivan. Le piquet de bois. Le bâton. La rose.

D'autres domestiques se sont joints au petit groupe déjà sur place, arrêtés dans leurs tâches, s'avançant, alertés. Rena. Jewel dont le nez plissé trahissait l'inquiétude. En retrait, Kate a aperçu Yates, dont le sourire édenté ricochait toujours sur les sourires des autres. À cette seconde, c'était à celui de Miss Annie qu'il faisait écho, du moins à sa bouche ouverte, à la rougeur de ses joues. Plus personne ne bougeait dans ce coin du jardin, à l'exception d'Helen et de sa professeure. Elles seules pouvaient se mouvoir et elles s'en donnaient à cœur joie, se saisissant du décor en un irrésistible ballet.

Ce jour-là, cinq avril, Helen a avalé les voix de tous ceux qui étaient présents. Elle voyait, elle parlait. Les autres n'étaient plus que statues médusées.

Plusieurs minutes ont passé. Rena, dans la crainte d'être réprimandée si elle interrompait trop longtemps son travail, a fini par rompre le sortilège en s'effaçant à l'abri de la cuisine, suivie par Virginia. Yates a disparu à son tour. Helen a quitté le chemin et, traversant les herbes, s'est avancée les bras tendus vers Jewel, prête à lui attraper la figure à pleines mains comme à son habitude. Miss Sullivan suivait de près et, interrompant son geste, a épelé son prénom pour présenter Jewel à son élève, de la même manière qu'elle avait nommé sans relâche chacun des objets signalés. De là où elle se trouvait, Kate a cru reconnaître le J.

Jewel. Qui a reculé d'un pas, alors que dans sa paume Helen lui répétait le mot. Jewel. Une fois encore, Kate a reconnu le J jaillissant des doigts de sa fille.

Mais de ce dialecte nouveau, Jewel ne savait rien. Quelque chose du lien entre les deux petites était en train de se rompre, dont Helen n'avait pas conscience mais que Kate a décelé aussitôt, sans imaginer à quel point cette rupture pourrait se propager. C'était soudain une langue adulte, une langue de Blanches, qui s'élevait entre elles.

Helen semblait à cet instant en proie à une vive réflexion. Son œil béait affreusement et ses membres tremblaient avec une telle force que Kate s'est avancée pour lui porter secours. Du bras, Miss Sullivan a stoppé son élan. Alors elle s'est tenue là. À l'écart. Mâchant son souffle dans l'attente de ce qui viendrait. Le devinant subitement.

Helen a appliqué la main droite sur sa propre poitrine. Et dans la gauche, les doigts de Miss Sullivan, lentement, sont venus délivrer un mot. Kate a épié chacune des lettres. Elle a reconnu le H.

Depuis, elle revit chaque seconde de ce moment-là et pleure sans bruit quand personne ne la voit, les yeux perdus, sans sanglot. D'une émotion de joie et puis, tout au fond, mal caché, d'un regret. Au temps de sa naissance, elle n'avait pu nommer sa fille comme elle l'avait souhaité pour la relier à sa propre lignée, puisque le capitaine avait négligé sa requête. Alors, cette fois, elle aurait voulu. Tant voulu.

Saisir la chance immense dont une autre, plus douée et plus têtue, s'était emparée cet après-midi-là.

Il faut qu'elle trouve en elle une solution pour qu'Helen puisse continuer à s'élancer. Il faut un geste. Un geste maternel. Il faut qu'elle avance, qu'elle agisse pour qu'enfin, grâce à elle, sa fille soit nommée au monde.

24.
JUIN 1887

Après quelques recherches, elle a réussi à collecter des informations sur l'origine de la dactylologie. Il s'agit d'un système inventé autrefois par un groupe de moines espagnols qui avaient fait vœu de silence mais souhaitaient communiquer entre eux malgré tout. Entre leurs mains jointes et sans aucun bruit, conformément au règlement, ils formaient les lettres, et les mots, et les phrases.

De son côté, Kate a fait vœu de dialogue et travaille dur son alphabet. La tâche est rude.

C'est une chose de retenir les positions des doigts pour signer les lettres, une autre de les enchaîner sans heurt. Elle sait qu'elle marque mal l'espace entre les mots, ou les découpe en tronçons qui les rendent difficiles à identifier et à lire. Elle hoquette, elle bafouille. Elle est trop vieille. Elle est intimidée. La main souple de Miss Sullivan se mêlant sans effort à celle de sa fille est chaque jour un spectacle à la fois stupéfiant et cruel.

En matière de conversation, les consignes ont été établies clairement. Même si Helen a compris ce qu'on veut lui dire dès les premières lettres, chaque mot et chaque phrase doivent lui être délivrés dans leur intégralité.

Kate aimerait y parvenir, mais ne peut s'y tenir. Elle élague. Si elle ne va pas assez vite, Helen finit toujours par se tourner vers l'autre pour lui demander traduction. Alors elle va au plus rapide. Un pauvre mot coule de ses doigts, un seul ou quelques-uns, sans jamais atteindre la richesse d'une pensée.

Bonne fille. Monte genoux. Embarcadère. Potager carottes. Papa bientôt. Verger. Reste Mère. Chien Belle content toi. Bébé doucement.

Voilà, à son grand agacement, à quels raccourcis la faiblesse de sa maîtrise technique la contraint.

Et si écrire une telle langue peut sembler malgré tout accessible, à force de travail, la lire est encore une autre affaire. Helen est exaspérée par la gaucherie de sa mère, et lorsqu'elles parlent ensemble, les premières semaines après la révélation, Miss Sullivan doit systématiquement être appelée en renfort.

Elle s'exerce pourtant sans flancher, jusqu'à en avoir mal. Arthur et ses fils, Evaline, de leur côté, ne savent signer que leur propre prénom. Michael Anagnos lui-même, le directeur de l'Institution des Aveugles, ne fait qu'ânonner, paraît-il.

Je n'y arrive pas, dit Arthur. Apprends, toi. Les mains d'homme ne sont pas faites pour ça.

Percy, lui, oublie peu à peu ce qu'on lui avait enseigné

au cottage, faute de pratique. Yates lui a trouvé d'autres occupations dans la propriété. Quant aux enfants des domestiques, avec lesquels la petite passait une bonne partie de son temps, ils sont aujourd'hui délaissés. Aucun ne s'en plaint mais il arrive que Kate surprenne les yeux perplexes de Jewel suivre de loin les manœuvres de son ancienne camarade. Helen parle aux bêtes et aux arbres, elle parle à ses cubes et à ses poupées. Elle apprend en quoi consiste la culture du coton. Elle ramasse des fraises avec Miss Annie, salue les mules et les chiens avec Miss Annie, cherche dans l'herbe les œufs de pintade avec Miss Annie. Jewel soupire, incrédule.

Kate n'est pas seule à se sentir abandonnée.

Chaque jour, Helen engrange dix ou vingt mots nouveaux, dont elle est capable de restituer ensuite le sens et l'orthographe parfaite, sans jamais les oublier. Son vocabulaire en compte plus de trois cent cinquante à présent. La semaine précédente, elle a réussi à mémoriser en une matinée les caractères de l'alphabet en relief sur un gros livre que l'Institution des Aveugles leur a fait parvenir. Vingt-six minuscules et autant de capitales.

Livre veut dormir avec fille, avait-elle dit alors que Kate, l'ayant surprise à lire au lit dans le noir, voulait le lui ôter des mains.

Avec l'aide de Maîtresse, comme elle l'appelle, Helen a installé à l'écart la réplique d'un petit magasin où accumuler les objets et les provisions afin d'en manipuler les formes et les noms.

Elle s'entraîne aussi à pratiquer le morse. Si par hasard elles se trouvaient trop loin l'une de l'autre pour se tenir les mains, explique sa professeure, elles pourraient communiquer en tapant simplement du pied sur le plancher. Les vibrations feraient le nécessaire.

Kate se sent irrémédiablement à la traîne.

Nul ne sait à quoi ressemblera l'avenir de cette enfant si elle survit à ses parents. Cette perspective l'affole, mais une chose est enfin claire, *la petite folle des Keller* est sauvée. Voilà ce qu'il faut retenir, se dit-elle. Helen est sauvée. Accueillie dans le monde des hommes.

Elle épelle sans relâche le prénom de sa fille dans sa main, le plus vite possible, s'entraîne à signer tous les soirs. Elle s'obstine. Elle progresse. Ses articulations la font souffrir presque continuellement, ses douleurs à la main droite et au bras, latentes depuis des années, s'amplifient. Elle n'en parle pas, ou si peu. Au moment de se coucher, une pince glacée lui comprime le radius, helenhelenhel enhelenhelen elle continue quand même. La douleur monte vers la clavicule et redescend jusqu'au majeur en ondes vibratoires presque insupportables. Elle vieillit. Elle a trente ans. Elle geint comme Evaline geint d'avoir cent fois par jour à soulever son corps lourd. Elle s'allonge avec précaution dans le lit, les bras le long du corps. La respiration d'Arthur s'échappe dans l'air étouffant de la chambre, plus lente au fil des minutes, frisée de murmures et de vagues effluves de whisky, tandis qu'elle retient des sanglots dont elle ne sait définir la nature. Aucune position ne lui est confortable, aucun véritable repos n'est possible. Elle aurait dû entrouvrir la fenêtre avant de se coucher pour que lui vienne un peu de l'illusoire fraîcheur nocturne. Mais il y a les moustiques, et le sifflement métallique des quelques grives solitaires qui s'attardent encore dans le comté. Il y a ces hommes avinés qui, sans qu'on sache qui ils sont, bravent l'obscurité pour se faufiler près de la maison. L'année dernière, Arthur, réveillé en sursaut, était sorti sur les marches avec son fusil avant de tirer en l'air. En l'air ou Dieu sait où. Ces gens ! avait-il dit, furieux, en rentrant dans la chambre. Tu pourras dire ce que tu voudras. Ces gens sont de sales animaux de nuit plutôt que des gens.

Elle soupire et finit par se lever à tâtons pour regagner le salon et s'installer dans le rocking-chair. Elle va lire à la lumière de la lampe. Le silence l'aidera à oublier la chaleur, et la douleur un peu.

À sa demande, Michael Anagnos vient de lui faire parvenir le tome correspondant à l'année 1841 du *Bulletin annuel* destiné aux administrateurs de Perkins. En une minute, elle y trouve le passage qu'elle cherchait. Dickens, en ce temps-là, n'avait pas encore franchi les portes de l'Institution pour y rencontrer la jeune fille sourde et aveugle, mais le docteur Howe en parlait déjà. Laura Bridgman avait onze ans.

Après six mois de séparation, sa mère vient lui rendre visite à l'Institution. La scène de leurs retrouvailles est pour le moins édifiante.

Sur le côté, elle dévore sa pauvre enfant du regard. Bien loin d'avoir perçu sa présence, Laura s'occupe au hasard dans la pièce. Lorsqu'elle finit par heurter sa mère, elle la palpe aussitôt, examinant sa robe et tâchant de découvrir si elle la connaît. N'y parvenant pas, elle s'en détourne comme d'une étrangère. Pour la malheureuse femme, il semble inconcevable que sa fille adorée l'ait déjà oubliée. Elle lui donne alors un petit collier qu'elle avait l'habitude de porter à la maison. Celui-ci est reconnu à l'instant. Laura le place autour de son cou avec une joie manifeste et me fait savoir que l'objet provient de chez elle. La mère tente de la caresser mais elle est repoussée. La pauvre Laura montre toujours qu'elle préfère demeurer avec ceux qui lui sont familiers. Mais quand un nouvel objet du foyer lui est présenté, intriguée, elle examine l'étrangère de plus près et me signifie que celle-ci vient de la ville de Hanover. Elle subit ses caresses avant de s'en détourner à nouveau. La détresse de la mère fait maintenant peine à voir. Bien qu'elle se soit préparée à n'être pas reconnue par sa fille chérie, l'épreuve d'une telle indifférence est au-delà de ce qu'une nature féminine est capable d'endurer.

Un peu plus tard, alors que Mrs Bridgman essaie encore de l'attirer vers elle, une idée vague semble enfin traverser l'esprit de Laura. Tandis qu'elle fait courir ses mains sur elle avec avidité, son visage manifeste un vif intérêt, l'espoir se mêlant au doute et à l'anxiété. Elle est très pâle puis rougit soudain. Jamais émotions ne furent plus éclatantes sur un visage humain. À cet instant de douloureuse incertitude, la mère la serre contre elle et la couvre de baisers. Toute confusion a disparu de la figure de l'enfant, qui se blottit avec allégresse contre le sein de sa mère.

Dès lors, Laura abandonne complètement ses jeux de perles et tous ceux qui lui sont proposés. Ses petites camarades, pour lesquelles elle a jusque-là négligé l'étrangère, tentent vainement de l'en arracher. Et bien qu'elle cède aussitôt si je lui fais signe de me suivre, comme à son habitude, il est évident qu'elle n'obéit qu'avec une douloureuse réticence. Elle s'accroche à moi, comme abasourdie et craintive. Et quand je la ramène à sa mère, elle se précipite dans ses bras avec une joie visible.

J'ai observé cette scène avec grand intérêt, désireux d'en tirer les enseignements sur le fonctionnement de l'esprit de Laura. Je la laisse maintenant aux effusions qui ne peuvent être exprimées ici, mais qu'imagineront sans mal ceux qui ont rencontré l'amour maternel.

Leurs échanges nouveaux expriment l'affection, l'intelligence et la détermination de l'enfant.

Lorsque enfin elle raccompagne sa mère vers la sortie, Laura s'y tient cramponnée tout au long du chemin. Parvenue sur le seuil, elle examine les alentours pour savoir si quelqu'un s'y trouve. Découvrant la surveillante, à laquelle elle est très attachée, elle l'agrippe d'une main, pressant convulsivement celle de sa mère de l'autre. Après un moment, elle la lâche pourtant, applique son mouchoir sur ses yeux et, se détournant, vient sangloter dans le giron de la surveillante.

La mère s'éloigne alors.

Elle s'arrête de lire et souffle la lampe. Une fois les vapeurs de pétrole dissipées, une odeur rance et douce monte du livre ouvert sur ses genoux. Elle imagine Mrs Bridgman marchant dans la rue devant le bâtiment de l'Institution Perkins, seule et noire dans le vent, titubant.

Helen.

Helen qui va avoir sept ans demain.

Tous les matins, tous les soirs, Miss Sullivan les supplie de la laisser l'emmener à Boston avec elle. Elle profiterait là-bas, dit-elle, du savoir de l'ensemble des professeurs de l'Institution, apprendrait le français et l'allemand, les mathématiques, l'histoire et la géographie. Et même si la plupart n'ont pas perdu l'ouïe mais seulement la vue, elle aurait l'occasion de se lier avec d'autres enfants rencontrant le même genre de difficultés qu'elle. Ici, elle est beaucoup trop isolée, paraît-il.

Et elle n'est pas la seule. Kate sait combien la jeune femme s'ennuie avec eux dans cette petite ville du Sud. À Tuscumbia, personne ne plaît à Miss Annie. Dieu sait combien de doléances et de critiques les lettres qu'elle écrit chaque dimanche aux gens de Perkins emportent vers le Massachusetts.

Mais quand elle repense à son propre exil, Kate s'attendrit. Au début de son mariage, le mal du pays l'avait saisie avec une force si stupéfiante qu'elle en avait des difficultés à respirer certains jours, blottie à l'abri de sa chambre ou marchant vers le fleuve. Et si elle avait fini par se faire à la vie d'ici, avec les gens d'ici, c'était en grande partie grâce à sa fille. Un refuge était né avec elle.

Alors aujourd'hui, rien ne pourra les séparer. Boston est à l'autre bout du pays et Helen est si jeune. Il n'y aura pas d'Institution Perkins pour elle. Miss Sullivan a beau promettre de la faire revenir à Tuscumbia deux ou trois fois par an, l'idée d'un tel arrachement est insupportable.

Sept ans.

Elle frotte ses dents les unes contre les autres et la douleur dans son bras, brusquement, se réveille dans l'obscurité.

25.
JUILLET 1887

Ce soir, elle change d'itinéraire. Elle ne va pas jusqu'au Tennessee, du moins pas par le chemin habituel. Si elle trouve ce qu'elle cherche et si la chaleur ne l'a pas épuisée, elle poussera plus loin et rejoindra le fleuve trois cents mètres en amont du débarcadère. Le capitaine est absent ces jours-ci et Evaline, indisposée par un souper trop riche avalé la veille chez les Abernathy, a prévenu qu'elle comptait garder la chambre jusqu'au lendemain matin. Kate peut prendre son temps.

Voilà des semaines qu'elle s'est promis de faire un saut en direction du nord, empruntant une piste nouvelle au-delà des noyers blancs. Quelqu'un lui a parlé de rosiers sauvages d'une vigueur extraordinaire qui pousseraient en quantité dans ce bois. Elle veut voir par elle-même, elle pense déjà boutures et greffons. Il faut qu'elle apprenne à Helen comment faire. Il faut aussi sans doute qu'elle se trouve d'autres activités que le seul souci de sa fille. Les roses. Elle doit y avoir davantage recours. Le vent se lève, emportant avec lui de grandes bouffées de touffeur humide.

Elle marche d'un bon pas parmi les bourrasques. L'exercice lui fait du bien. Elle laisse dériver sa pensée et, par intermittence, des scènes étranges lui apparaissent. Elle se voit dans le corps et les attitudes d'une autre personne. Tandis que le soleil s'efface derrière les nuages blancs, voilà qu'elle flotte miraculeusement au-dessus du fleuve Tennessee, allongée parmi les oiseaux et les mouches. Sa robe suit le mouvement de ses jambes sans subir l'effet de la pesanteur, comme si on avait simplement basculé sa silhouette alanguie au-dessus de l'eau. Son bras douloureux trempe jusqu'au coude dans le sirop épais du courant, et en quelques secondes son mal y est emporté. Tout est doux. Elle tourne la tête, l'odeur des algues emplit ses poumons, ses doigts immergés se meuvent en une litanie infinie de paroles. Elle les aperçoit à travers l'eau brunâtre, comme s'ils étaient les membres d'un petit animal aquatique, et aussi mystérieux soient-ils, elle est en mesure de lire les mots qu'ils composent.

D'où lui viennent ces images, elle ne sait pas.

Alors que le chemin habituel entame son long crochet vers l'eau, elle bifurque sur la droite par un biais presque parallèle pour s'aventurer dans le bois. Elle se sent soulagée de s'y trouver seule. Décidément, elle n'a besoin ni des chiens ni des domestiques pour se promener à son aise.

Dimanche, à l'heure où Miss Sullivan écrira son courrier, Helen sera à elle, entièrement à elle. Et elles s'en iront à Sheffield. Elle lui dira les noms des choses. De leurs choses. Lui achètera un petit cadeau. Le magasin de nouveautés de la rue principale lui plaira. Il est bien loin, le temps où entrer avec cette enfant dans un lieu public, sous les yeux des gens, était si pénible. Elle ne l'a jamais avoué à personne, mais c'était une épreuve. Helen touche encore à tout mais elle se tient plutôt bien. Elle veut simplement comprendre ce qui se trouve autour d'elle, à quoi servent les objets, d'où ils viennent, qui les a fabriqués. Au souvenir de leurs échanges récents, Kate sourit en évitant les branches basses qui obstruent sa route.

Pourquoi Miss Sullivan continue-t-elle à fuir la compagnie des gens de son âge ? Si elle sortait un peu, les laissait en famille, un espace s'ouvrirait. Leila a tenté de la présenter en ville, mais chaque fois l'autre oppose à ces gens l'affront de son arrogance. Le docteur Cooper l'avait courtisée, au début, Kate l'avait remarqué. Sans succès. Elle ne se sent nulle part à sa place, dirait-on, ni avec les domestiques ni avec les maîtres. Elle est entre les deux. Ou plutôt au-dessus. Toujours trop bien pour ceux du Sud.

Il y a d'abord l'odeur. Lorsqu'elle ralentit avant d'interrompre son pas, elle se dit qu'elle est là, tournoyant depuis longtemps dans son nez, cette odeur. Elle y devine un feu, la chair qu'on aurait grillée, des écorces saturées de résine.

Et soudain le voilà, surgi de la même façon qu'Helen surgissait autrefois au milieu du sentier. Là, dans sa chemise trop blanche. Hilliott. Il la regarde, souriant comme si elle n'avait rien à lui reprocher, comme s'il était autorisé à paraître ici alors que Yates, pressé depuis des jours par le capitaine, le cherche partout. Elle n'est même pas certaine qu'il l'ait reconnue. Il a bu, se dit-elle, ou bien la chaleur a-t-elle fini par le rendre fou, car loin de baisser le regard il s'approche, plein de mots déversés, débordés, il marche vers elle dans l'éclat blanc de sa chemise. Kate le dévisage, interdite.

Ce chêne, là-bas, lance-t-il sans préambule.

Il ne pose pas de question mais projette son menton pour orienter Kate dans la bonne direction.

Le grand. Vous voyez ?

Elle fait un pas en arrière mais son œil glisse là où l'emmène Hilliott. Un chêne, en effet, se distingue des autres par l'ampleur de ses branches.

Oui, dit-elle prudemment. Je vois.

Les mots se détachent d'elle comme des bulles de savon.

Les manches de la chemise d'Hilliott sont repliées au-dessus du coude et la peau imberbe de ses avant-bras luit dans le soleil tamisé par les arbres. Ce n'est pas à elle qu'il s'adresse, dirait-on, mais à un être lointain caché à l'intérieur de lui.

Hilliott, né à Tuscumbia la même année qu'elle, est connu pour le grand savoir des plantes médicinales qu'il tiendrait de son père. Lorsque Helen était malade, il avait tenté de lui venir en aide en apportant des racines et des mousses qui devaient faire des miracles et ne les avaient pas faits. Virginia dit qu'il parle la langue des oiseaux et des bêtes, celle des fantômes et des revenants. Ces gens sont ainsi. Ils devisent de choses mystiques comme du temps qu'il fait, avec leur troublante naïveté, quand les Blancs qu'elle fréquente n'y songeront jamais.

À l'instant, il raconte. S'il lui arrive de quitter l'ancien quartier des esclaves et le travail exigé par ses maîtres, c'est que les bois l'appellent. Ce sont ses propres mots. Les bois m'appellent. Et le temps. Qui le hèle lui aussi, irrévocablement. Quand les insectes chantent, quand certaines fleurs apparaissent, quand les kakis faiblissent sous la pression du pouce, il faut partir. Il n'a rien à fuir et tout à trouver ici.

Vous voyez l'arbre, répète-t-il de sa langue chantante, voyez-le car cet arbre est ma maison de ce temps. Ses branches s'allongent sur l'horizon pour donner l'exemple. Je me suis installé par là-haut un lit fait de rameaux et de tiges de maïs. Nul ne l'a jamais repéré d'en bas.

Kate ne peut s'empêcher de le chercher du coin de l'œil, ne distingue rien que la confusion des branches nues. Hilliott soulève son chapeau d'un geste souple, saluant le résultat de son propre travail.

Il fait du feu dans les parages, poursuit-il, de petits feux couvés. Il mange ce qu'il cueille ou chasse. Il mâche très lentement. De son observatoire il a tous les chemins alentour et les arbres à lui. Et il l'a vue, elle, Madame.

Il joue encore de son chapeau, en applique la bordure sur ses dents. Il l'a vue bien des fois quand elle empruntait le chemin vers le fleuve, il y a pas longtemps et longtemps, avec la jeune demoiselle aveugle. Et lui, alors, il reste là, assez haut pour tout voir, il écoute les oiseaux et les bestioles qui parlent.

Vous êtes allées pêcher? demande-t-il. C'est ça? J'ai vu des bancs par là-bas, entre les sables. Des argentés. De quoi en remplir des tonneaux. Quand vous venez, un geai me le crie longtemps avant que je vous repère sur l'autre sentier, au milieu de la chaleur. Personne s'approche d'ici sans que les oiseaux me préviennent. Personne. Ils s'en fichent bien des chevaux et des chiens, mais si c'est homme ou femme alors ils sont devant eux, les oiseaux, tous les oiseaux, et je guette sur mes branches. Souvent, c'est vous que je vois. C'est comme si vous parliez en dedans tandis que vous marchez, pas vrai ? J'en comprends des mots. Vous parlez de l'enfant. C'est pareil pour les autres, les bestioles qui sont de bonne compagnie. Je comprends. Je suis le frère de toutes. S'il m'est donné de les regarder je sais à quoi elles pensent.

Le père de mon père, poursuit-il, celui à qui le maître avait donné pour nom William Henry Keller, est venu jusqu'ici pour fuir une chose que Madame je pourrai pas vous dire. Il a trouvé l'eau. Et l'eau, ma foi, l'a trouvé elle aussi dans son grand malheur et sa force. C'est lui qui avait appris ces choses à mon père, et par mon père, à moi. Le début de tout ça. Les oiseaux et les arbres, les feuilles, les racines. Le guérissement.

Il s'interrompt, écoute, là-bas, le bruit montant du fleuve. Le vent forcit et vient vers eux. Kate ne bouge pas.

Vous êtes venue ici et moi, ayez pas d'inquiétude, pas plus tard qu'à ce crépuscule je serai de retour avec le vieux Yates pour reprendre ma tâche.

Il lève le nez, le bras, écoute encore au loin en faisant travailler ses mâchoires. Elle remarque sa paume, couverte d'une morve verdâtre. Le vent roule autour de sa robe, agitant les branches.

Entendez ? demande-t-il. Ce qui vient ? Les fantômes des femmes et des petits enfants ?

Et il se détourne, ôtant son chapeau et le tenant contre sa poitrine comme un objet précieux, s'éloignant en direction du chêne dont la large fourche sépare le paysage en deux.

Dissimulée derrière un buisson, il est maintenant impossible qu'Hilliott puisse la repérer. Il a repris sa place et lui tourne le dos, assis à califourchon à près de trois mètres de hauteur. Il chantonne en se contorsionnant curieusement sur sa branche. Kate comprend qu'il ôte sa chemise sans la déboutonner. Peut-être ne l'avait-il enfilée que pour se présenter à elle. Sa nuque est longue et droite. Ses clavicules se balancent un instant avant de s'immobiliser, parfaitement alignées. La lumière liquide y inscrit une large virgule argentée. D'où elle se trouve, dans l'odeur verte des lauriers, elle aperçoit le cuir mince de la ceinture pincer la chair de sa hanche. Et ces épaules, glorieuses, baignées de sueur grasse.

Kate se mord la bouche. Ces épaules. D'où lui viennent ces épaules.

Lorsqu'elle finit par secouer la tête, croyant pouvoir reprendre sa route vers les rosiers sauvages, le long nerf qui court de ses cervicales jusqu'à son majeur droit la lance avec une telle intensité qu'elle se plie en deux, chassée hors de sa propre respiration. Il faut balayer tout cela, images, crispations inédites d'une zone interdite de son corps. Il faut avaler cette salive, racler cette gorge, souffler cet air, fermer ces yeux. Et courir, malgré la moiteur.

Elle aurait dû lui répondre avec autorité, ou bien rire, sermonner. Elle aurait dû lui intimer l'ordre de retourner sur-le-champ au travail. C'est elle la patronne, Hilliott lui doit obéissance. Et au lieu de cela, la voilà qui titube. L'apparition du corps d'homme-oiseau est une brèche vers laquelle, un court instant – et que dit cet instant du naufrage de sa vie –, elle a souhaité, quoi, s'ouvrir, bondir, là-haut, à l'écart, à l'assaut, dans les muscles. Fendue comme une grenade mûre. Elle est folle.

Elle fait quelques pas sur le sentier. Il n'y a pas la moindre rose sauvage par ici, mais le fleuve existe encore et il n'est plus très loin. L'aboi mélancolique d'un chien, vers l'est, ajoute à son égarement. Une rafale soulève autour d'elle de longs tortillements de poussière et d'odeurs, l'image de cette peau la poursuit. Il est impossible de savoir d'où sortent ces élans, mais entre ses molaires elle les mâche à présent, entre ses poings les pulvérise.

C'est fini. Aucune de ces sensations ne doit survivre à cet épisode dont, Dieu soit loué, personne ne saura rien. L'eau devant elle, bientôt, et le ciel, et le vent qui emporte tout.

Elle s'emploie à déployer l'espace de ses poumons, l'odeur ample des arbres, la sève amère des lierres et la respiration du fleuve plutôt que ces pulsions insensées. Aussi, lorsque l'eau apparaît devant elle, large et rose, délivrée de sa brume, elle se lance dans sa direction comme pour s'y jeter. Puis elle se reprend, s'assoit sur une pierre, délace ses bottines. Le vent est miraculeusement retombé. Après plusieurs minutes, calmée, elle trempe un pied nu dans l'eau. L'opacité du Tennessee semble, depuis toujours, propice à l'engloutissement des chagrins. Il faut retrouver ses esprits, penser à autre chose. À plus malheureux qu'elle, peut-être, plus perdu.

Il y a une cinquantaine d'années, se souvient-elle avoir appris, les Indiens ont été des milliers à bivouaquer non loin de là, au point de rencontre de Spring Creek et du fleuve Tennessee. Hommes et femmes, chefs et simples familles, principalement des Creeks et des Cherokees. Ils attendaient sous bonne garde que les bateaux à vapeur les emmènent vers une vie qu'ils n'avaient pas choisie, dans les Territoires où on les exilait. À l'autre bout du monde. C'était l'hiver. Certains d'entre eux n'ont pas survécu à ce temps d'attente. Des enfants, croit-elle savoir. D'autres se sont échappés à travers les bois, où le grand-père d'Hilliott essayait lui aussi de s'enfuir pour échapper aux fers. Elle a entendu cette histoire. Virginia la lui a racontée. L'homme a paraît-il tenté de rejoindre à la nage l'île de Seven Mile, en face, et se serait noyé dès les premiers mètres. Son corps abandonné dans l'eau, pour l'exemple, était retenu par une corde à un piquet fiché dans la vase.

Quelques Indiens fugitifs ont été tués par leurs gardes, d'autres sont morts en secret parmi les rhododendrons sauvages. Ni Hilliott ni elle n'étaient nés en ce temps-là, et aujourd'hui l'histoire de ces gens est effacée de la plupart des mémoires, de celle de sa belle-famille en tout cas.

Si elle ne veut pas devenir complètement folle, quelque chose en elle doit se transformer. Elle glisse le deuxième pied dans l'eau jusqu'à la cheville, évitant le contact de la boue toute proche, et elle réfléchit.

26.
AOÛT 1887

Elle est au milieu de la route et le bas sombre de sa jupe est allumé de poussière rouge. Ils auraient dû partir plus tôt ce matin, elle le leur a dit plusieurs fois. À cette heure la chaleur est déjà montée. Elle espère leur avoir donné une réserve d'eau suffisante pour qu'ils aient à boire tout au long du voyage – Helen, surtout Helen. La petite est déjà si pâle, vidée de son sang, comme si du bout de ses doigts démangés de questions la vie que sa mère avait mis tant de soin à réunir en elle s'écoulait peu à peu. Miss Annie elle-même peine à la suivre sur le chemin de la connaissance.

Arthur les emmène en consultation chez deux confrères renommés du docteur Cooper, l'une pour ses yeux qui, malgré les opérations successives subies à Boston, se fatiguent et pleurent dès le milieu de l'après-midi, l'autre pour son esprit désespérément survolté depuis quelques mois. Père et fille en profiteront pour visiter la partie de leur famille qui s'est installée à Huntsville.

La voiture s'éloigne vers la gare et Kate est toujours sur la route, la main levée en signe d'adieu.

Dans son dos, en face de chez elle, se dresse une imposante maison de briques rouges, abandonnée depuis des années, qu'on appelle President Jackson's House. Ce nom n'a rien à voir avec celui des anciens propriétaires, comme elle l'avait cru d'abord. Il vient des apparitions. Nombreux jurent avoir vu les spectres de ceux qui furent les compagnons du futur président Andrew Jackson pendant la bataille de la Nouvelle-Orléans, en 1815. Leurs visages ou leurs uniformes se détachant derrière les vitres fêlées ont été formellement reconnus.

Pourquoi cette maison-ci, elle ne sait pas. Elle ne sait pas tout. Elle n'est pas d'ici. Les fantômes, eux, y sont établis depuis le début des temps. Certains doivent les connaître. Hilliott. Elle chasse aussitôt son image, ainsi qu'elle l'a fait des dizaines de fois depuis le mois dernier.

Helen et Maîtresse, comme elle l'appelle, s'installent devant cette maison bien souvent, à l'ombre du grand mûrier dont le feuillage dissimule une partie de la façade. Elles y profitent d'un soupçon de fraîcheur aux heures chaudes. Un amas ordonné s'élève au pied de l'arbre, elle le voit de la route. Bûchettes de bois, caissettes, récipients de grès prélevés dans la cuisine, outils et couverts que Yates ou Virginia doivent chercher partout, ont été le support de nombreuses leçons. Il y a même la louche en métal argenté qu'hier encore elle réclamait à Rena.

Elle se souvient du dernier passage d'Helen entre les murs de la cuisine. Elle qui n'y vient plus très souvent avait tout retourné, tout compté. Les plats, les bocaux, les chaudrons, les cuillères, les assiettes, les torchons. Dans le cellier, les fruits, les barils, les jambons, les bouteilles, puis les animaux dans l'étable et dans l'écurie. Jusqu'aux coups de tonnerre de l'orage qui, le soir, avaient résonné dans ses os. Helen comptait tout ces temps-ci.

Plus tôt, elle avait réclamé qu'on lui précise les couleurs. Kate la voyait classer les objets en pensée selon la teinte annoncée, puis jauger des deux mains les volumes, les poids, les textures. Par assemblage, elle composait alors une série de familles mentales.

Belle, la chienne blanche, avait été associée au mouchoir immaculé de Kate, à la chair des oignons, aux roses Lamarque, aux navets. Puis le groupe éclatait. Ou s'emboîtait, plutôt. Helen lui avait exposé le cheminement de sa pensée par l'intermédiaire habile de Miss Sullivan. Par déduction, Belle prend aujourd'hui le goût légèrement amer et sucré du fameux ragoût de navets servi le jeudi soir, la fragilité d'une fleur et le pouvoir absorbant d'un carré de tissu ourlé.

Virginia, elle, partage avec la pèlerine d'Evaline la texture grumeleuse, la vigueur des plumes de corneille et l'odeur du charbon. Les sens entre eux s'envoient des signaux qu'avant Helen personne ne savait discerner. Le manteau tient chaud, le feu surgit du charbon, la cuisinière de couleur sort tous les jours des plats bouillonnants de son four : la couleur noire est devenue brûlante.

Si Helen nomme, colore et compte désespérément, c'est pour engranger en elle un monde relié à celui des autres.

Dans un carnet, Kate a noté toutes ces images et ces sensations, comme un poème, comme un nouveau cadeau précieux que sa fille lui aurait offert.

Les silhouettes rapetissent, la voiture ralentit pour aborder le tournant et bientôt plus rien. À peine un halo de chaleur.

Elle n'est pas du voyage. Elle reste à Tuscumbia pour Mildred, qui couve encore quelque chose, qui tousse, qui fait ses dents, qui est si douce, qui voudrait qu'on la regarde autant qu'on regarde sa sœur, et qu'on s'inquiète pour elle. Elle reste pour Lucy qui annonce sa visite par le train du lendemain ou du surlendemain. Elle reste pour son épaule droite qui souffre au lieu de porter, pour son bras qui lance au lieu d'enserrer, sa main qui renâcle au lieu de parler et d'entendre. Elle reste là, interdite, tournant le dos au fantôme du président Jackson.

Hilliott reviendra tout à l'heure avec le buggy, après le départ du train des trois autres. Elle l'enverra aider Yates au fond du verger aussitôt que Jerry aura retrouvé sa stalle à l'écurie. Depuis le jour de la promenade vers les rosiers sauvages, en juillet, elle veille à ne plus jamais se trouver seule avec lui.

Et tandis qu'elle reprend lentement le chemin de la cuisine, le nom de la maison derrière elle rebondit dans son crâne comme une boule de plumes chaudes, *Jackson*. D'où remonte-t-il, associé aux fantômes, elle ne saurait le dire avant de longer les haies de buis dont l'odeur d'urine exacerbée par la température lui vient brusquement aux narines.

Ça n'est pas l'eau miraculeuse du docteur du même nom, c'est autre chose, de plus ancien. Jackson. Elle prononce le nom à voix basse et revoit enfin une silhouette, chancelante sur la route. Une autre route, une même lumière accablante.

Elle devait avoir une douzaine d'années, c'était en Arkansas, dans la commune de Richland, peu avant qu'ils quittent la plantation pour venir s'installer à Memphis. Il y avait ce vieil homme qui excitait la cruauté de ses frères. Tom est mort depuis, Marshall n'était pas encore né, mais Fred s'en souvient certainement aujourd'hui.

Ce nommé Jackson, proche voisin de leur famille, était un charron qui travaillait dans le bourg d'à côté, à trois kilomètres de là. Il allait à pied sur la route poudreuse, parfois accompagné de l'un de ses enfants ou suivi par un chien blanc et très maigre, lentement, tâtonnant devant lui du bout de sa chaussure ou bien d'un bâton. Il ne marchait pas comme les autres. Toujours dans le même habit, il se traînait dans une succession de brefs raclements. Fred et Tom avaient pour habitude de l'interpeller au moment où la voiture qui les emmenait en ville arrivait à sa hauteur. Le vieux Jackson n'avait sans doute que l'âge de leur père, mais il semblait tout droit sorti d'un monde peuplé de patriarches et de créatures monstrueuses. Lorsqu'on passait à ses côtés, des remugles d'urine faisaient froncer le nez. Les deux garçons, échauffés, se tendaient vers lui.

Jackson ! criait Fred d'une voix de stentor. Et dans l'espoir de le faire culbuter, il brandissait le fouet vers ses épaules chancelantes.

À droite, Jackson, droite !

Et avec Tom ils s'esclaffaient tandis que les chevaux prenaient le trot, soufflant sur le pauvre homme, selon le temps qu'il faisait, des postillons de boue ou de hautes vagues de poussière.

Zackson ! gloussait le petit Tom en agitant les bras.

Kate, elle, s'écartait d'eux, le dos roulé de crainte au fond de la voiture. Cet homme lui faisait peur, et ses frères avec lui.

Un jour, pourtant, elle avait pu l'observer tout son saoul. C'était à l'église. Jackson se tenait assis sur le côté avec femme et enfants. Le plus jeune pleurnichait depuis le début de l'office, et sa mère, à intervalles réguliers, lui donnait sur le crâne de petites tapes discrètes pour le rappeler à l'ordre.

Sans le préméditer, Kate avait attendu à la sortie de la messe et suivi les Jackson dans la rue pendant quelques dizaines de mètres, échappant une minute à la surveillance de Lucy. Au bref sifflement de l'aîné de ses fils, le chien blanc avait surgi d'un buisson et trotté vers eux, la tête basse. L'apparence de la femme était digne, mais Jackson lui-même était si pathétique qu'on ne pouvait qu'être fasciné par son allure brisée. Et, bien sûr, il y avait ses yeux.

Des yeux entièrement blancs, ou plutôt de cette couleur qu'a le ciel lorsqu'il se lève au-dessus des eaux. Des yeux beiges. Vides. Immenses, affligés.

Le corps minéral du vieil aveugle qui fut si souvent raillé par ses frères n'avait jamais été défendu. Ni par elle, ni par ses parents, ni par personne de sa connaissance. Elle n'a même jamais su son prénom, jamais pensé qu'il pût en avoir un.

Ces yeux, cet homme, ce clan moqué, étaient l'incarnation de ce qu'Helen aurait pu devenir au milieu des Keller si l'autre n'était pas venue. Ce qu'il est possible qu'elle ne devienne jamais, songe Kate en passant le buis. Et tandis qu'à pas lents elle regagne la maison où tant d'ouvrage l'attend, le nom de Jackson frémit derrière elle comme de microscopiques éclats de lumière.

27.

Elle ne saura pas ce qui a mené ses pas jusqu'ici. Pas exactement. Ça n'a pas d'importance.

Tout à l'heure, à Tuscumbia, elle a croisé un homme à la physionomie si proche de celle de Charles Adams qu'elle en a sursauté, comme traversée d'un spasme. Non seulement la longue barbe et les longs cheveux, mais jusqu'à la démarche, au regard bondissant de son père. Devant elle, presque la bousculant, cet homme ivre et cherchant querelle venait d'entrer chez Jenkins, dans la 6e rue. Elle a détourné la tête et pressé le pas sous les premières gouttes de pluie. Elle s'est engagée dans la partie sud d'Hickory Street sans trop savoir où elle allait, et puis tout à coup, sur sa gauche, elles sont apparues dans l'herbe jaune et légèrement humide, comme si elles sortaient de terre à l'instant. Un troupeau inoffensif de petites tombes grises aux têtes enfouies dans le sol.

Depuis elle déambule entre elles à pas lents, regrettant qu'on n'ait pas planté davantage d'arbres pour leur faire un peu d'ombre et les protéger des ondées. Eux. Les morts du cimetière d'Oakwood. Les morts et puis leurs visiteurs.

Elle prend son temps. La pluie s'est arrêtée. Il faut laver l'image de l'homme chassant bruyamment devant lui la porte de chez Jenkins. Il faut souffler. Qui sait quels sont les vents qui nous poussent à faire ou à dire. Qui sait, après tout, s'il existe un hasard.

Sa robe est déjà sèche et la boue collée sous la semelle de ses bottines épongée par le paillis de la pelouse en seulement quelques pas. Dans le ciel assombri les nuages sont encore très bas, mais on dirait qu'ici il n'a pour ainsi dire pas plu. Elle s'arrête devant certaines pierres tombales, jetant un œil distrait aux noms qui y sont inscrits. Elle ne trouve personne qui porte le sien. Il n'y a pas eu d'Adams à Tuscumbia avant elle.

Mais bien sûr, il y a des Keller.

Elle s'arrête un instant devant la tombe de Sallie. La perception qu'elle a de son ancienne rivale a changé. Elle y pense moins, se compare moins. Avec le temps, Sallie Keller n'est plus une ennemie. Par moments, on lui laisserait même volontiers la charge du capitaine.

Elle pose les yeux sur le texte gravé sur la pierre comme elle poserait sa main. *Sallie Simpson, épouse d'A. H. Keller.* Elle avait déjà vu la tombe, imposante, agrémentée d'un haut pilier. Elle était venue ici même. Pour voir. Au début, avant la naissance d'Helen. Pour savoir s'il était vraiment possible qu'il y ait eu avant elle une autre Mrs Keller. Elle relit les lignes du dessous, sinuant dans le marbre blanc et vidées de leur sens. *Après une courte vie passée dans la modeste dévotion des autres et le respect de chacune des vertus chrétiennes, Dieu l'a touchée de son doigt et elle s'est endormie…*

Kate se demande quelle épitaphe on pourra bien trouver pour elle. Si Dieu la touchait de son doigt, Helen se retrouverait seule. Voilà la chose à prendre en considération. Sa fille seule avec les doigts vivants de Miss Sullivan.

Il lui est absolument interdit de mourir.

Elle pince les lèvres et, s'éloignant de quelques pas, elle la voit. Cette tombe-là. Jamais vue. Plus petite que les autres. Elle connaît pourtant le nom qui y est inscrit. Ce nom. Ce prénom. Elle n'y pensait plus. La petite fille qu'Arthur a eue avec Sallie et qu'une fois, une seule fois au tout début de leur mariage, il a évoquée devant elle.

Fannie. *Fannie S. Keller.*

Kate apprend qu'elle est morte deux ans avant la naissance de son frère Simpson. Elle ne se souvient pas de quoi. Arthur n'a rien dit. Elle n'avait pas besoin de connaître la cause. On meurt. On est ôté aux autres, comme aspiré dans un tiroir qu'il est impossible d'ouvrir par la suite.

La maladie emporte tant d'enfants, elle le sait. Son arrière-grand-mère, croit-elle se souvenir, en avait perdu quatre ou cinq. Ses filles à elles ont été épargnées. La mort a bien tourné autour du petit corps de dix-neuf mois d'Helen, mais elle est restée vivante. Quant à Mildred, hormis les maux passagers et propres à son âge, elle se porte à merveille. Elle trotte et touche à tout. Elle voit et elle entend.

Kate les a sauvées toutes les deux.

Une famille bruyante s'est installée autour d'une autre tombe, trente mètres derrière elle. C'est l'heure de partir.

Chez elle, le dîner se prépare. La lettre de Michael Anagnos attend une réponse. Dans l'étable, les mules ont des vers et il faut en parler avec Yates. Elle devrait d'abord passer chez Harris Brothers finir ses achats. Tant pis. Il lui reste moins d'un dollar. Elle reviendra la semaine prochaine. Arthur ne lui donne pas grand-chose, il faut qu'elle se débrouille sans que personne, ici, ne s'aperçoive à quel point leur situation financière est tendue.

L'éclat déplaisant des voix étrangères fuse jusqu'à ses tympans, mais elle traîne un peu devant la tombe, immobile, incapable de se détacher de sa découverte. Sous ses pieds, à quelques dizaines de centimètres à peine, se trouvent les petits os de la fille d'Arthur. À qui ressemblait-elle ? Kate revoit les yeux inquiets de ses frères, leur bouche parfaitement dessinée. Elle se penche et approche de la pierre une main hésitante, caresse furtivement les feuilles qui y sont gravées. À l'automne, elle pourrait planter là un petit rosier blanc. Elle cherche une variété. Une fleur modeste et remontante. Un Niphetos ? Elle s'imagine creusant un trou peu profond pour y loger les racines, et versant de l'eau. Elle s'attendrit un instant à l'évocation de cette scène. Elle n'en parlerait à personne. Elle reviendrait de temps en temps.

Mais elle sait bien qu'elle ne fera rien de tout ça. Ni rosier ni même visite ultérieure. Cette enfant ne lui appartient pas.

Il est difficile de savoir comment Sallie a pu supporter l'épreuve de la mort de sa fille. Il a bien fallu. Il fallait bien. Il faudra toujours bien. Les femmes résistent à tant de choses. À moins qu'elle n'ait succombé à plus de quatre ans de tristesse et de lutte, après avoir donné naissance à un enfant nouveau. Deux garçons vivants sont restés de Sallie née Simpson. James et puis le petit, dont le véritable prénom, William, a été effacé par le nom maternel, comme pour en laisser demeurer trace sur la terre. Simpson Keller, âgé de treize ans aujourd'hui.

Kate comprend aussi qu'Arthur, au moment de la maladie d'Helen, était certainement poursuivi par l'image de Fannie. Quoi qu'il en soit, et sans soute pour ne pas l'affoler davantage, il n'en avait jamais dit un mot.

Arthur. Elle le connaît mal, après tout. Se détourne de lui. Cette nuit même elle a senti son bras s'avancer jusqu'à elle, comme une large couleuvre rampant en silence dans le secret du lit. Il a fini par enfoncer son doigt dans sa chair, sous le drap. Sans toucher sa peau. Sans entrer en elle comme il fait parfois. Pas si souvent en vérité, mais trop souvent. Il a simplement éprouvé la rondeur de sa hanche à travers le coton de la chemise, et puis, un peu plus haut, tâtonnant semblait-il au hasard, dans la masse relâchée de son ventre. Dans sa viande. Kate a forci depuis quelques années. Mais hormis les questions d'habillage, elle n'y pense pas. Elle ne pense pas à son corps. Elle agrandit d'une taille les robes et les jupes à mesure que le gras vient l'enserrer, trouve plus difficile de se baisser ou de se relever pendant les travaux du jardin, plus longues ses promenades jusqu'au débarcadère, mais avant cette nuit, avant cet index fureteur, elle n'a jamais tenté de visualiser quelle allure, sous le tissu, peut avoir son corps d'aujourd'hui, après qu'elle a porté deux enfants. Son ventre. Ses hanches. Ses fesses. Sa poitrine lourde. Elle a ouvert les yeux dans l'obscurité.

Dans la fournaise de la chambre, ce corps lui semblait une chose grise infiniment lasse, prête à céder sous le doigt vorace du capitaine Keller et crever là, comme un nuage gonflé de pluie. Elle a retenu sa respiration mais, pour une raison inconnue, Arthur a retiré son index et rangé sa main contre lui. S'est endormi, paisible.

Dans le cimetière, Kate s'attarde avant de partir retrouver le buggy, plus haut dans la ville. Il ne faut plus penser, ni au corps ni aux morts. Il est temps de se reprendre. Mais encore une fois, va savoir. Ce qui l'a poussée à compter.

Les mois écoulés entre février 1871 et septembre 1872. Le temps de vie de la petite inconnue. Dix-neuf mois. Exactement comme pour Helen avant qu'elle ne devienne prisonnière de la fièvre.

Dix-neuf mois d'existence, dix-neuf mois avant que quelque chose n'éclate, ne bascule, ne s'effondre.

Sans réfléchir, elle signe pour elle-même le nombre en toutes lettres, dans les plis de sa jupe. Ça lui coule dans la main.

D i x n e u f m o i s

f a n n i e e t h e l e n

Deux petites filles accolées quelque part, dans l'espace au-delà des compréhensions, comme au ciel deux planètes tremblotantes dont une seule serait morte.

Le buggy, là-bas, qui l'attend.

28.

Les trois autres sont sur le point de revenir à Tuscumbia lorsque la lettre lui parvient. Miss Sullivan avait emporté avec elle la planchette à rainures qui aide à guider les lignes, Kate n'est pas totalement surprise. Mais lorsqu'elle pose l'enveloppe sur ses genoux avant de l'ouvrir, elle reste une longue minute à contempler le nom et l'adresse qui y sont inscrits. Ce sont les siens. Elle les connaît, bien sûr, mais cette écriture, sur ce rectangle clair, sur le brun de sa robe. Elle ne l'a jamais vue.

Une lettre.

D'Helen.

Une lettre d'Helen.

Au lieu d'une morsure. D'une écorchure. D'une odeur honteuse. D'un assaut. D'un remords.

Une lettre. Une lettre une lettre. Elle voudrait ne jamais l'ouvrir pour l'avoir toujours à ouvrir. En elle enflent ces sentiments qu'elle ignorait avoir gardés à propos de cette enfant-là. La fierté. La reconnaissance. Elle attend, bat du pied et souffle sa peur sur l'enveloppe. Au-dedans, un simple gribouillis peut-être. Une fleur séchée entre deux épaisseurs de journal. Ou bien non. Ou bien ça. Une lettre, une lettre, une lettre.

Enfin, elle prend son élan et dans le secret de sa chambre décachette l'enveloppe avec soin. Elle pleure aussitôt, ou elle pleurait déjà sans s'en apercevoir, et tout l'air de la pièce pleure aussi dans sa bouche. Les mots carrés de sa fille flottent en tous sens sous ses yeux, ils sont des insectes magiques qui tournoieraient sur l'eau.

Elle lit. Certains mots sont difficiles à déchiffrer mais elle lit. Elle comprend tout.

helen va écrire lettre mère   papa donnait à helen médicament   mildred va s'asseoir dans la balançoire

mildred va embrasser helen   maîtresse donnait pêche à helen   george est malade au lit   le bras george est blessé   anna donnait à helen limonade   le chien se levait

le conducteur perçait le ticket   papa donnait à helen boisson d'eau dans la voiture

carlotta donnait à helen fleurs   anna va acheter helen joli chapeau neuf   helen va cajoler et embrasser mère   helen va venir à la maison   grand-mère aime helen

au-revoir

Elle lit, lit, relit et garde près d'elle le papier et les sons vivants de cette lettre.

Et puisqu'elle ne peut ni lui répondre ni rester sans rien faire, sans rien dire en retour, c'est à sa propre mère qu'elle écrit.

Pour des raisons confuses, Lucy a dû reporter son voyage vers Tuscumbia et n'est pas avec elle pour vivre un événement de cette importance. De sa grande écriture nerveuse, Kate recopie l'intégralité des seize phrases qu'à Huntsville sa fille a imaginées et tracées à son intention. Cette fille aveugle et sourde. Cette fille bonne pour l'asile. À voix basse, elle prononce ces derniers mots avec morgue.

Que diraient-ils aujourd'hui, ces gens-là. Elle se souvient des expressions de leurs visages, tour à tour fielleuses, consternées. Dans la chambre, elle les convoque, venez, venez donc, citoyens de Tuscumbia, médecins des comtés voisins, membres des deux familles, venez voir. Elle jouit de leur humiliation. Du regard, du menton, elle les repousse et l'un après l'autre ils s'évanouissent à travers les murs jusqu'à ce qu'elle soit enfin seule avec la gloire de cette lettre.

Et si, machinalement, elle ajoute sur celle qu'elle rédige les majuscules et la ponctuation qui manquent à l'original, les phrases sont livrées telles quelles à sa mère, dans leur spontanéité enfantine.

Lucy sera certainement charmée, au passage, de lire que sa petite-fille a eu l'idée de clôturer son courrier par ces mots : Grand-mère aime Helen. Dans ce sens. Comme si à sept ans il était normal de devoir s'en persuader. Malgré leur passé commun de batailles, Lucy devra désormais compter Helen parmi son honorable descendance, au même titre que Louise et Mildred, ses autres petites-filles.

Elle sort et arpente le verger, impatiente, y cueille quelques fruits pour fêter le retour, réunit de quoi préparer la crème glacée parfaite. Elle tourne autour de ses fleurs et la lettre est dans son corsage.

Helen va adorer renifler les La France qui viennent d'éclore, énormes, merveilleusement odorantes. Elle y fourrera la bouche et les doigts avant d'inventer dans ceux de sa mère des histoires abracadabrantes. Et elle l'a dit, l'a écrit, Helen va cajoler Mère et dans les roses elles seront ensemble, ne serait-ce qu'une heure, avant que Miss Sullivan ne la lui reprenne et ne redemande, pour la centième fois, la permission de s'installer avec elle à l'Institution des Aveugles. Mère et fille seront embrassées, comme autrefois, et la lettre d'Helen est dans son corsage.

Le souvenir des yeux beiges du vieux Jackson s'éteint peu à peu, il n'est plus qu'un pincement, un fantôme, une bouffée de poussière que l'apparition de sa fille balaiera bientôt.

Le lendemain, mercredi, elle fait préparer le buggy et va seule les attendre à la gare. Elle se tient debout sur le quai presque une heure, rouge et raidie sous son ombrelle dans sa robe d'un bleu sourd. Et puis voilà le train, et Helen à la porte du train, Miss Sullivan et son père se pressant derrière elle. Sa fille lui semble grandie, plus droite et plus pâle, correctement coiffée, résolue, elle n'a plus sept ans, elle n'a plus d'âge, elle voyage, elle a écrit la lettre qui bat dans son cœur, et une fois la marche sautée court droit dans sa direction dans sa robe lavande, comme si elle avait vu sa mère sous l'auvent, comme s'il n'existait plus qu'elles deux.

Leurs figures se pressent l'une sur l'autre et dans leurs mains rugit la hâte qu'elles avaient de se retrouver, la hâte qu'Helen a de tout. Raconter le train et la maladie du cousin et le désir immense de Boston où l'attendent, dit-elle, les petites filles aveugles et les amis de Maîtresse. Mère, supplie-t-elle.

Et les baisers reviennent.

À l'autre bout du quai, Arthur et Miss Annie parlementent avec le porteur. Ils leur laissent quelques minutes à elles seules et Kate leur en sait gré. Boston, épelle Helen dans sa main. Mère.

Kate s'accroupit, pose à terre son ombrelle et prend dans sa paume la figure de sa fille, ne bouge pas, lui dit-elle à voix basse et elle se penche pour trouver sous sa bouche l'œil si vilain et si tendre. Ses cheveux sont doux. Attends.

Elle lui attrape la main, la pose contre son cou. Un poids descend dans sa poitrine et, lentement, comme un morceau de graisse fondant sous l'effet de la chaleur, ce poids disparaît à mesure que la décision prend forme à l'intérieur d'elle. Il est trop tôt, mais elle y arrivera. Elle se donne un an. Elle convaincra Arthur, comme elle l'a toujours fait. Elle rit à cause des baisers qui grandissent au creux de son poignet. Attends.

Dans la main placée en coque par-dessus la sienne elle articule avec lenteur, s'appliquant, et Helen écoute, la tête penchée.

Les doigts serrés, le pouce dans la paume, B. Le puits du O et le poing compact du S. Une lettre après une autre. L'ongle du pouce glissé entre l'index et le majeur, T, elle ira jusqu'au bout. Une seconde fois le puits du O et pour finir les deux jambes du N.

Elle est terrifiée. Elle a donné à sa fille les six lettres d'un mot vivant et c'est comme si ensemble elles venaient de sauter du bord de la falaise et tombaient, enlacées dans leurs robes, l'une bleue et l'autre bleue, comme si elles s'envolaient.

POSTFACE

Que sais-je de toi, Kate Keller, hormis que tu aimais les oiseaux, les roses, les livres et ta fille, et que tu te sentais seule dans cette petite ville du nord de l'Alabama ?

Les recherches m'ont appris mille choses d'Helen, de son époustouflant chemin, et mille encore d'Ann Sullivan qui mena jusqu'à la lumière du langage l'enfant aveugle et sourde que tant disaient idiote.

Mais toi, Kate Adams Keller ? Je n'avais pas grand-chose. Et ce que je trouvais était toujours en regard des autres, jamais pour toi-même. Il ne me restait qu'à oser me glisser dans ton corps. Lentement, j'y ai cherché les replis dans lesquels se seraient nichés l'émerveillement et la douleur d'avoir donné naissance à cette enfant-là, puis de se l'être fait arracher.

J'espère ne t'avoir pas trahie, malgré les libertés que j'ai prises pour imaginer ta vie, tes pensées et ce que ton sang endurait. Pardon si j'ai été trop loin. J'ai cru, peut-être à tort, que les épreuves que nous avons traversées l'une et l'autre pouvaient nous rapprocher, effaçant les années et les mers.

Ce livre, quoique solidement basé sur des faits réels, est donc une fiction et je suis responsable de chacune des erreurs, approximations et mauvaises interprétations qu'il pourrait contenir.

En 1888, Kate laisse bel et bien sa fille rejoindre les rangs de l'Institution Perkins à Boston avec Ann Sullivan. Helen, insatiable, bientôt connue dans tout le pays et même au-delà, y reçoit une éducation complète avant d'intégrer l'université. Cette séparation définitive d'avec sa fille de huit ans, entrecoupée de rares et brefs retours dans l'Alabama, est infiniment douloureuse pour Kate. Les lettres écrites par Arthur en témoignent. Mais elle s'y tient.

Les rapports de pouvoir avec Miss Annie seront parfois conflictuels.

Trois ans plus tard, en 1891, Kate donne naissance à un garçon, Phillips. Veuve avant quarante ans, endettée, elle finit par quitter Tuscumbia pour rejoindre sa fille cadette, son mari et ses filles, installés dans la capitale de l'Alabama. Mildred est la seule de ses trois enfants à avoir eu une descendance.

Kate meurt en 1921 à Montgomery et y est enterrée. Elle avait soixante-cinq ans.

Un mot maintenant sur Helen.

Voici, pour exemple de son évolution, une lettre au directeur de l'Institution, écrite à la main un an après qu'elle a quitté ses parents. Elle a neuf ans. Michael Anagnos est alors en visite dans sa famille en Grèce.

South Boston, Mass., 7 novembre 1889

Mon cher Monsieur Anagnos[1],

Aujourd'hui, c'est votre anniversaire, et comme j'aimerais mettre mes deux bras autour de votre cou et vous donner beaucoup de doux baisers, mais je ne peux pas le faire parce que vous êtes loin, donc je vais vous écrire une belle longue lettre et quand vous rentrerez je vous donnerai les baisers. Maintenant je vais vous dire quelque chose qui va beaucoup vous surprendre. Je suis arrivée à Boston voilà trois semaines pour étudier avec ma chère Maîtresse. J'étais enchantée de revoir tous mes amis, et ils étaient heureux de me revoir. Vous me manquez et j'espère que vous rentrerez bientôt si vous allez mieux. J'aime beaucoup, beaucoup être à l'Institution. J'apprends beaucoup de choses nouvelles chaque jour. Quand vous rentrerez je vous les raconterai toutes. Il faut absolument que vous n'oubliez pas comment signer avec vos doigts. Mr Rodocanachi est venu me voir mardi. Il m'a demandé de vous transmettre ses amitiés et que vous lui écriviez depuis Athènes. Jeudi dernier Maîtresse et moi avons passé la journée avec le Dr Eliot et Sammy. C'était agréable. Sammy est un beau petit garçon et il est aussi joueur qu'un chaton. Le Dr Eliot dit qu'il aimerait recevoir une lettre de vous. Pouvez-vous lui écrire ? Ma chère petite sœur Mildred a trois ans maintenant. Elle grandit vite et je la crois très mignonne et aimante. Elle est assez seule maintenant car elle n'a pas de petite sœur avec qui jouer. Ma pauvre grand-mère est morte il y a deux

1. En français dans le texte.

semaines. C'est très triste de mourir. Maîtresse ne sait pas où se trouve maintenant grand-mère. Mère est beaucoup peinée et son cœur est plein de chagrin. J'aimerais qu'elle puisse venir à Boston pour que je la console. Mes pigeons, chiots, chatons et cher petit oiseau vont bien. Ma pigeonne blanche a trois minuscules bébés et est très occupée à trouver de la nourriture pour sa famille affamée et apprendre aux timides petites bêtes à voler toutes seules. Maîtresse dit qu'elle pense que vous aimeriez savoir ce que je fais tous les jours. À huit heures j'étudie l'arithmétique et j'aime ça grandement. Je peux faire des exercices très difficiles. À neuf heures je vais au gymnase avec les petites filles et nous jouons à des jeux. J'aimerais que vous soyez là pour voir quels moments splendides nous avons. À dix heures j'étudie la géographie. Hier j'ai trouvé Athènes sur la carte, et j'ai pensé à vous. À onze heures j'ai des leçons en classe et à midi j'ai zoologie. L'autre jour j'ai récité en public, à propos du kangourou. À deux heures normalement j'ai couture et à trois heures nous marchons. À quatre et cinq heures je lis, écris et parle. Je viens de lire l'histoire d'une merveilleuse fontaine qui étincelait et frissonnait au beau soleil et faisait une douce musique toute la longue journée. Les mignons oiseaux et les minuscules fougères et les douces mousses aimaient la merveilleuse fontaine. J'ai été ravie que vous me parliez de Munich et j'espère me raconterez les autres villes que vous avez visitées. Maîtresse et tous vos amis envoient leur amour. J'envoie très beaucoup de baisers et beaucoup d'amour.

Helen A. Keller

En voici une seconde, reproduite telle qu'Helen, trois mois plus tard, l'a envoyée à Michael Anagnos. Elle est d'une grande fierté de s'exprimer en français et on la comprend : moins de trois ans ont passé depuis qu'elle a appris l'existence du langage. On sent son désir immense de plaire et d'être aimée, son obsession de la perfection. Aussitôt après l'envoi de cette lettre, c'est-à-dire prévenant d'éventuelles moqueries de celui qui est devenu son père spirituel, elle lui écrit de nouveau en anglais : il a dû bien rire en voyant ses fautes étranges mais être tout de même très content qu'elle sache s'exprimer en français. Ça me rend très heureuse de vous plaire, à vous et à Maîtresse.

South Boston, Mass. Le 1 Fevrier 1890

Bonjour mon cher Ami,

J'ai recu votre lettre charmante. Vous etes bon, et je vous aime beaucoup. Comment vous portez-vous ? J'espere que vous vous portez mieux. Je parle Français et Anglais à present. Les petites filles sont très-bonnes, et ma chere petite soeur est belle. Je me promene tous les jours pendant une heure. Aimiez-vous l'etude lorsque vous etiez jeune ? J'aime à lire. Ma mere a beaucoup de belles fleurs chez nous. J'aime mieux les roses et violettes. Ma mere m'a ecrit que les rosiers sont pleins de boutons. Les oiseaux chantent doucement comme dans le mois de Mai. Je ne peut pas parle Français ou l'ecrire avec beaucoup de facilite. Quelques enfants ont ete très-malades avec le diphteria au gorge. Lily Edson est mourut. Je suis tres-fachee de pauvre Lily. Ma mere, mon frere et ma jolie soeur viendront a Boston le Juin next. Serez-vous heureux de les voir ? Je serai bien aise d'aller avec vous a l'ecole de les petits enfants. Vous serez bien aise a savoir que je peux dire correctement tous les heure de le jour maintenant. J'esperer que j'aurai une belle montre. J'ai neuf ans, ma soeur n'a que trois ans et demi. Voulez-vous m'appeter des livres Français de France ? Je veux que j'etais a Athens avec vous pour jouir tous les belles choses. Ma chere institutrice a été tres-malade, mais elle est beaucoup mieux maintenant. Je pense a vous toujours et j'aime vous. J'aime m'amie, mademoiselle Kehaya aussi. Il fait leau temp aujourd'hui, mais il fait bien froid. Voulez-vous aller a Paris quelquefois, je veux voir de belles choses. M'excuser las fautes, s'il vous plait.

Pensez a moi et aimiez-moi toujours.
Au revoir, mon cher ami.
Ecris a moi bientôt
De Helene A. Keller

Mondialement célèbre, icône en Amérique, ambassadrice des opprimés, Helen Keller est la première femme aveugle et sourde de l'histoire à obtenir un diplôme universitaire. D'un caractère, d'un élan, d'un appétit de savoir et d'action exceptionnels, elle crée en 1915 une fondation pour la prévention de la cécité et la lutte contre la malnutrition. Socialiste, elle milite toute sa vie pour le droit des femmes et la paix. Proche de nombreux hommes politiques et intellectuels (elle est reçue par Cleveland, le président des États-Unis, alors qu'elle a moins de huit ans), Helen traverse le monde à la rencontre de foules enthousiastes avec Ann Sullivan, puis avec Polly Thomson à la mort de Maîtresse en 1936.

Au début des années 1930, elle s'installe même pour quelque temps de repos à Concarneau, en Bretagne. En 1952, à l'occasion du centenaire de Louis Braille, la France la décore de la Légion d'honneur à Paris.

Elle est morte en 1968, peu avant son quatre-vingt-huitième anniversaire.

Il y a deux personnes intéressantes au XIXe siècle, *aurait dit Mark Twain, qui la connaissait bien.* Napoléon Bonaparte et Helen Keller.

On dit aussi que la lecture de Voyage en Amérique, *de Dickens, n'aurait pas suffi à orienter les Keller vers l'Institution de Boston en 1886, mais que Graham Bell (oui, celui qui a inventé le téléphone) aurait contribué à les y diriger. L'ordre des contacts est controversé, et j'ai préféré, pour la clarté du récit romanesque, m'en tenir à la piste anglaise.*

À la suite de Kate, on pourra donc lire Voyage en Amérique, *le récit de Charles Dickens évoquant en détail le cas Laura Bridgman (allez voir sa photo sur internet, avec son bandeau sur les yeux, elle est extraordinaire), et bien sûr le premier livre d'Helen,* Sourde, muette, aveugle, histoire de ma vie, *écrit alors qu'elle avait une vingtaine d'années.* Miracle en Alabama, *le film aux deux oscars réalisé par Arthur Penn en 1962, qui m'avait tant frappée lorsque j'étais enfant, en est tiré.*

La consultation des archives numérisées de Perkins School for the Blinds *sera passionnante pour qui voudrait pousser plus loin (en anglais). De ces archives proviennent les lettres et le rapport concernant la mère de Laura Bridgman que j'ai cités et traduits dans ce livre. Il existe aussi une bonne dizaine d'ouvrages, sans parler des articles, écrits par Helen et non traduits en français, et plusieurs biographies.*

L'écriture de ce texte a eu la chance de bénéficier d'une bourse de résidence, octroyée par Occitanie Livre & Lecture. Je remercie aussi Isabel Desesquelles pour son accueil formidable à la Maison de Pure Fiction, pour l'élan qu'elle donne, pour son cœur attentif.

Je remercie Juliette Depoux de lire sur la plage.

Et, bien sûr, la si belle équipe du Passage, avec qui l'aventure commence : je suis si heureuse de faire la route avec vous. Merci.

Achevé d'imprimer sur les presses de CPI en mai 2020 (2051134)
Dépôt légal : août 2020 • ISBN 978-2-84742-447-8 • Imprimé en France

la belle lumière

ANGÉLIQUE VILLENEUVE

Alabama, 1880. Dans une plantation du sud des États-Unis, la naissance d'Helen console sa mère d'un mariage bancal. Un monde s'ouvre entre Kate et sa fille, et puis tout bascule : les fièvres féroces ravagent l'enfant adorée.

Cette fillette à la destinée extraordinaire, beaucoup la connaissent. La renommée d'Helen Keller, aveugle, sourde et muette, enfant farouche tenue pour folle et puis surdouée, a franchi frontières et années.

Kate Keller, que *La Belle Lumière* éclaire aujourd'hui, semblait en revanche repoussée dans l'ombre à jamais. Sans elle, pourtant, sa fille aurait-elle pu accéder au miracle de la connaissance ?

Comme glissée au cœur de son héroïne, tant vibre dans ces pages le corps déchiré de Kate, Angélique Villeneuve restitue, de son écriture sensuelle et précise, la complexité d'une femme blessée et dévorée par l'amour. Dans ce Sud encore marqué par la guerre de Sécession et les tensions raciales, le lecteur traverse avec elle une décennie de sauvagerie, de culpabilité et de nuit. Mais découvre aussi, et c'est là la force du livre, un temps de clarté et de grâce.

Angélique Villeneuve est l'auteur de plusieurs romans, dont *Les Fleurs d'hiver* (Phébus, 2014), *Nuit de septembre* (Grasset, 2016) et *Maria* (Grasset, 2018 ; Grand Prix Société des Gens de Lettres de la Fiction). Elle écrit également pour la jeunesse.

ISBN 978-2-84742-447-8

9 782847 424478

18€
Diffusion Interforum
www.lepassage-editions.fr